日雇い浪人生活録㊅

金の裏表

上田秀人

時代小説文庫

JN230379

角川春樹事務所

表デザイン　五十嵐　徹
（芦澤泰偉事務所）

目次

江戸のお金の豆知識⑥

「青物売り」一家、ひと月の生活収支

百万都市江戸では、大小さまざまな商店が軒を並べたほか、店舗を持たず、天秤に提げた商品を売り歩く「棒手《ぼて》振り」「振り売り」と呼ばれた小売り専門の行商も盛んだった。魚介や野菜、草履や糊、箒などの日用品、団扇や風鈴、冷や水などの季節商品、さぼん(シャボン)玉や読売など、食べ物から娯楽品まであらゆる種類が扱われ、長屋にいながら、それなりの買い物ができた。本資料では、青物を商って妻子を養う棒手振りの1ヶ月の収支をイメージし、表にした。

設定

時代：江戸時代後期
収入：3万2500文(1日につき完売時の売上1300文として計算)
実働日数：約25日(節季や悪天候、風邪などで休んだ日は収入なし)
家族構成：夫婦＋子ども1人の3人家族
生活：夫婦円満、最近寺子屋に通いだした息子の寝顔を見ながら晩酌するのが楽しみ

1ヶ月の収支(概算)	
青物(野菜)仕入れ	1万5000文(600文×25日)
売れ残り分	1500文(100文×15日分を出費として計算、野菜は家族で消費)
家賃(長屋)	400文
食費	1万文(米、調味料代、夫の昼飯・酒代、子の菓子など含む)
湯屋	120文(1日1回大人6文、子ども4文として計算)
寺子屋	400文(6月の畳代、10月の炭代は均して計算。紙、筆などの自費教材代含む)
雑費	1600文(髪結、ろうそく、油、炭、古着代など)
慶弔費	1000文
貯金	2480文

※この表は、江戸後期(享保以降)の資料をもとに作成したものです。
同じ資料から事例を拾うのは困難であるため、複数の資料を参考にしました。

日雇い浪人生活録◇六

金の裏表

主な登場人物

諫山左馬介《いさやまさまのすけ》……親の代からの浪人。日雇い仕事で生計を立てていたが、分銅屋仁左衛門に仕事ぶりを買われ、月極で雇われた用心棒。甲州流軍扇術を用いる。

分銅屋仁左衛門《ふんどうやにざえもん》……浅草に店を開く江戸屈指の両替屋。夜逃げした隣家（金貸し）に残された帳面を手に入れたのを機に、田沼意次の改革に力を貸すこととなる。

喜代《きよ》……分銅屋仁左衛門の身の回りの世話をする女中。少々年増だが、美人。

加賀屋《かがや》……江戸有数の札差。分銅屋と敵対している。

徳川家重《とくがわいえしげ》……徳川幕府第九代将軍。英邁ながら、言葉を発する能力に障害があり、側用人・大岡出雲守忠光を通訳がわりとする。

田沼主殿頭意次《たぬまとのものかみおきつぐ》……亡き大御所・吉宗より、「幕政のすべてを米から金に移行せよ」と経済大改革を遺命された。実現のための権力を約束され、お側御用取次に。

お庭番……意次の行う改革を手助けするよう吉宗の命を受けた隠密四人組。明楽《あけら》飛騨《ひだ》、木村和泉《いずみ》、馬場大隅《おおすみ》と、紅一点の村垣伊勢《むらがきいせ》（＝芸者加壽美《かすみ》）。

安本虎太《やすもととらた》**、佐治五郎**《さじごろう》……目付の芳賀と坂田の支配下にあり、独自に探索も行う徒目付《かちめつけ》。

佐藤猪之助《さとういのすけ》……南町奉行所定町廻り同心。御用聞きの五輪《いつわ》の与吉《よきち》に十手を預ける。

第一章　追放の日

一

右胸の傷は塞《ふさ》がった。

とはいえ、すんなりと前のように右腕が動くというものではない。傷が開かぬように、右手を動かさなかったつけが、筋《すじ》のこわばりという形で諫山《いさやま》左馬介《さまのすけ》を襲っていた。

「伸ばすと痛いな」

長屋で左馬介は右手で鉄扇《てっせん》を振り回して、顔をしかめた。

「……ぬん」

左馬介が右手に構えた鉄扇を上段の太刀《たち》のようにまっすぐ落とした。

ここに敵の頭があるとして振った鉄扇が、空を切った。

「届かぬな」

「二寸（約六センチメートル）縮んでいる」

目測で左馬介は不足を悟った。

「扇頂《せんちょう》が、下がっている」

残心の構えを取った左馬介は、鉄扇の先端が要《かなめ》から水平ではなく、やや下を向いていることに気づき、ため息を吐《つ》いた。

「止められていないということは、筋の力が失われている」

左馬介の表情が険しくなった。

太刀でも槍《やり》でもそうだが、動かして止めたとき、切っ先がだらりと下がってはいけない。ここでと思ったところで、しっかり止めてみせるからこそ、続きの動作に淀《よど》みなく移れるのだ。

下がってしまっては、二撃目を放ったときに、目標からずれたり、出が遅れたりする。これは戦いで大きな隙になった。

「一歩踏みこまねばならぬ……か」

届かせるためには、今までより相手の間合いに入らなければならない。そうでなくとも鉄扇は太刀どころか脇差《わきざし》と比しても短い。

もともと鉄扇術は、護身術であり、そして鉄扇は暗器《あんき》であった。

暗器は、含み針、鞘鉄炮《さやでつぽう》のような、隠し武器のことを言う。口に含む針は、無手《むて》を装い相手を油断させ、鞘鉄炮は刀に見せかけた鉄炮で遠い間合いでも攻撃できる。鉄扇もそれに近い。帯に差していても扇にしか見えず、懐へ仕舞えば、隠すこともできる。

利点が目に付く鉄扇だが、大きな欠点があった。

間合いが短いのだ。

太刀ならばおよそ三尺（約九十センチメートル）ある刃渡りが、鉄扇では、一尺ない。つまり、太刀より二尺分は踏みこまないと、相手に届かない。

その間合いが、右肩の筋の強張《こわば》りで、さらに二寸短くなった。この差は大きい。

敵に近づくというのは、かなりの恐怖を伴う。通常でさえ、太刀の三尺から鉄扇の一尺を引いた二尺分、敵の間合いに入らなければならないのだ。

「勘弁してくれ」

人を殺すのが当たり前の戦国だというならばまだしも、泰平の世で命を懸けることはまずない。

左馬介も父から受け継いだだけで、鉄扇術を使って敵を倒し名をあげようなどとは思ってもいなかった。

いずれ鉄扇術を伝える道場を持てたらいいなと夢は見ていたが、浪人の常で生活に追われ、大工の手伝い、人足のまねごとをして糊口《ここう》をしのいでいた。

夢には届かないが、一日、一日、平穏無事に生きてきた。

それが両替商分銅屋《ふんどうや》に用心棒として雇われたあたりから怪しくなってきた。

金が商品の両替商である。盗賊に襲われるくらいは、左馬介も覚悟していた。しかし、お側御用取次《そばごようとりつぎ》田沼主殿頭意次《たぬまとのものかみおきつぐ》が分銅屋を訪れて以来、左馬介は面倒に巻きこまれ、何度も何度も命を狙われる羽目になった。

誰だって死にたくはない。襲い来た者を返り討ちにしたこともある。

そして、ついに左馬介は戦いの最中に雇い主分銅屋仁左衛門《にざえもん》を守って負傷した。

「かといって、辞めるわけにもいかぬ」

左馬介は田沼主殿頭が考える幕政改革に巻きこまれている。いや、内情を知ってしまった。そんな左馬介を、田沼主殿頭が見逃してくれるはずはなかった。

「逃げてみるか」

不意に頭の上から若い女の声が冷たく降ってきた。

「村垣《むらがき》どのか。頼むゆえ、表から来てくれ」

左馬介が長屋の梁《はり》を見上げた。

「生きて江戸を出られるとは思わぬことだ」

梁の上の忍装束《しのびしょうぞく》を身につけた女が左馬介を殺すと宣《せん》した。

「逃げぬよ。少なくとも今はまだ己の命を投げ捨てるほど、生に飽きてはおらぬ」

左馬介が否定した。

「あの女中はどうした」

音もなく落ちてきた女お庭番村垣伊勢《いせ》が、左馬介に問うた。

「お喜代《きよ》どのならば、昼餉《ひるげ》を取りに店へ戻られた」

左馬介が答えた。

喜代は分銅屋の女中だが、怪我《けが》をして身のまわりのことができにくくなった左馬介を気遣った分銅屋仁左衛門の厚意で、長屋まで派遣されていた。

「ふむ。となれば少しは戻らぬな」

村垣伊勢が納得した。

「動きが悪いのだな」

「ああ。傷は治ってもな」

言われた左馬介が認めた。

「冷やしてはおるまいな」

「そのつもりはないが……貧乏暮らしだ。夜具はないし、夜着と呼べるほどのものも持っておらぬ」

忠告した村垣伊勢に、左馬介は苦笑した。

その日暮らしの日雇い浪人にとって、喰《く》うことが第一になる。次が夜露を防げる住であり、衣は最後になる。

そして衣でも、仕事に出かける常着が重要であり、夜着なんぞどうでもいい。というより、手が出ない。夜着があっても、空腹では冬の寒さに耐えられないのだ。

「寝るときに傷口を手拭いで覆《おお》っておけ」

「手拭いか……」

左馬介が干してある手拭いに目をやった。

「まさか、手拭いまでないというのではなかろうな」

村垣伊勢があきれた。

「ないわけではない。身体《からだ》を拭くようのものがそこに……」

「一枚しか持っていないのだな」

「………」

睨《にら》むような村垣伊勢から、左馬介は目を逸《そ》らした。

「男やもめに蛆《うじ》がわくというのは、こういうところなのだろうな」

村垣伊勢が盛大にため息を吐いた。

「待っていろ」

すっと村垣伊勢が目の前から消えた。

「えっ……」

驚いた左馬介が梁を見上げた。しかし、すでに村垣伊勢の姿はなかった。

「なんだったのだ」

嵐のような村垣伊勢に左馬介は目を剝《む》いた。

「ごめんなさいよ。諫山さまは、お出《い》でかい。加壽美《かすみ》でござんす」

今度は戸障子から村垣伊勢の声がした。村垣伊勢は左馬介の隣の長屋に柳橋《やなぎばし》芸者の加壽美として住んでいる。

「……おると知っておろうに」

左馬介が大きく息を吐いた。

「開けますよ」

村垣伊勢が、髪を串巻きに留めた着替え前の芸妓《げいぎ》らしい姿で現れた。

「……これをやる」

なかに入った途端、加壽美から女お庭番となった村垣伊勢が手拭いを左馬介へ投げつけた。

「これは……」

受け取った手拭いを見た左馬介が怪訝《けげん》な顔をした。

「紺地に小紋散らしとは、また贅沢《ぜいたく》な手拭いじゃないか」

左馬介が手拭いを拡《ひろ》げた。

庶民は手拭いをまず買わなかった。

引っ越しだとか、近隣の店の節季集金の手土産《てみやげ》だとかで、手拭いはわりと簡単な挨拶代わりとして贈り贈られるからだ。もっともまともに買いものをしない浪人に手拭いをくれる店はないため、左馬介は数を持っていなかった。

そんな左馬介でも、この手拭いがかなりの高級品だとわかった。

「加壽美の暑中見舞い挨拶の残りだ」

村垣伊勢が言った。

その美貌で柳橋でも指折りの売れっ子である加壽美は、日本橋《にほんばし》の大店《おおだな》の主、大藩の留守居役など、贔屓筋《ひいきすじ》も名の知れた人物ばかりである。

　そんな贔屓筋に恥ずかしいものは渡せない。もっとも金を掛ければいいというものではない。名のある菓子屋の饅頭《まんじゆう》に、自分の名前の焼き印を入れて配ったりするのは、驕《おご》っているとして嫌われる。

　もとは安い手拭いに凝った染めと意匠《いしよう》をつぎこむような形が、粋《いき》を売りものとする芸妓の矜持《きようじ》として称賛された。

「貴重なものだろうが」

　左馬介が息を呑《の》んだ。

　多めに作って配り歩くのも、客を欲しがっていると思われて嘲笑される。足らず、余らずというのを勘定するのも売れっ子の芸妓の腕の見せどころとされていた。

「見本として取っていたやつだ。気にするな」

　村垣伊勢がどうでもいいと手を振った。

「そういうわけには……」

「いつ消えるかもわからない加壽美など、すぐに忘れられる」

　ためらう左馬介に、村垣伊勢が淡々と言った。

　村垣伊勢は江戸地廻《じまわ》り御用という城下の状況を将軍へ伝えるお庭番の役目の一つに

就いている。いろいろな噂《うわさ》を集めたり、城下の繁栄や大名家の問題などを知るのに芸妓はつごうのいい隠れ蓑《みの》であった。

なにせ男は美しい女に弱い。少しでも己を大きく見せようと、密事を話したり、気を引こうとしておもしろい噂を集めて来たりする。

だが、それも任があればこそであり、村垣伊勢が江戸地廻り御用から外れれば、芸妓の加壽美は不要になる。それこそ、万一でも加壽美と村垣伊勢が同一人物だと思われることのないように後始末を付ける。

「……さみしいな」

「なにがだ」

感慨深い左馬介に、村垣伊勢が怪訝な顔をした。

「加壽美は消えても、吾《われ》は残る」

「そうだな」

左馬介が村垣伊勢の言葉を認めた。

「……ではな」

少し耳をすました村垣伊勢が、左馬介の長屋を出ていった。

「一人の女を生みだし、消す。加壽美がいた間の思い出はどうなるのだ」

左馬介は独りごちた。

「戻りました」

今、閉まったばかりの戸障子が開いて、喜代が帰ってきた。

「お隣さんがお出でのようでございましたが……」

喜代がじっと左馬介を見た。

「ああ、つい今しがた帰ったところでござる」

「なにをなさりに……」

左馬介の返答にさらなる追及をしようとした喜代が、左馬介の握っている手拭いに気づいた。

「それは」

「……これは加壽美どのが、傷口を冷やしてはならぬと言って……」

冷たい喜代の声に左馬介が焦った。

「よろしゅうございました」

無表情で喜代が述べた。

「お貸しいただけますか」

喜代が手を出した。

「なにを……」

「お使いいただく前に、一度洗っておこうかと思いまして。みょうな匂いでも付いていてはよろしくございませんので」

　思わず引いた左馬介に喜代が告げた。

「新しいゆえ洗わずとも……よろしくお願いする」

　拒もうとした左馬介は、喜代が持って来た昼餉を片付けようとしたのを見てあっさりと折れた。

「お預かりを。しっかり洗ってお返ししますので」

　指先で手拭いをつまんだ喜代が笑顔で応じた。

「では、お待たせをいたしました」

　喜代が昼餉の皿を並べた。

「……ちょうだいする」

　食欲は完全に失《う》せていたが、食べられるときに食べておかないと生死にかかわる。

　浪人にとって、食事は命の次に大事なものである。

　左馬介は一礼して昼餉を詰めこんだ。

二

南町奉行所定町廻《じょうまちまわ》り同心佐藤猪之助《さとういのすけ》は、南町奉行の山田肥後守《やまだひごのかみ》の前に呼び出されていた。

「余の命にしたがわぬとはなにごとであるか」

山田肥後守が佐藤猪之助を叱りつけた。

「なんのことでございましょう」

佐藤猪之助が首をかしげた。

「分銅屋への手出しは禁止だと申し付けていたはずだ」

「……あそこは天下の往来でございまする。そこを調べていただけで、分銅屋に手出しは……」

「そんな言いわけが通るとでも思っておるのか」

強引な理由を口にして逃げようとする佐藤猪之助を山田肥後守が遮った。

「おとなしく咎《とが》めを受けるか、それとも召し抱え止めを喰らいたいか」

山田肥後守が佐藤猪之助を睨みつけた。

町奉行所の同心は、一代抱え席という、譜代ではありながら家督相続ができない身分であった。もちろん、職務が職務だけに代々の経験や申し送りなどがあるため、実際は親から子へと受け継がれてはいるが、あくまでも建前は新規召し抱えという形をとる。

しかも町奉行所の同心は、一年ごとに役目を続けられるかどうかの審査が有り、越《えつ》年《ねん》申し付けると年番方与力《ねんばんかたよりき》から言われないと、翌年は務められなくなる。

町奉行所同心の地位と身分は、かなり危ういものであった。

「それはっ……いかにお奉行さまでも、我ら町方役人の人事にお口出しは……」

町奉行は配下の与力、同心の配置に口出しをしないのが慣例である。それを出して、佐藤猪之助が抵抗しようとした。

「ご老中堀田相模守《ほったさがみのかみ》さまがお口出しになられたら、そなただけでなく余も終わるのだ」

「……ご老中さまがなぜ」

佐藤猪之助が驚いた。

「分銅屋が出入りをしている」

「そんな話はなかったはずでございまする。分銅屋のことは洗いざらい調べました」

聞いた佐藤猪之助が否定した。

「そなたの能力不足じゃ。まちがいない。分銅屋仁左衛門が堀田相模守さまのお屋敷に入ったのを確認しておる」

「お屋敷に入った……それだけならば、まだ出入りとは……」

「黙れ」

まだ言い募ろうとする佐藤猪之助を山田肥後守が怒鳴りつけた。

「今更、そんなことを確かめている場合ではない。もし、余が相模守さまと分銅屋との関係を探っているとご老中さまに知れてみろ。どうなるかは、わかるだろう」

「それはわかりまするが、まだ分銅屋の策だという……」

「愚か者め」

なんとか活路を探そうとする佐藤猪之助を山田肥後守が見捨てた。

「もう遅いと気づかぬとはな。よく、これで定町廻りなどやっていたわ」

山田肥後守が嘆息した。

「佐藤猪之助、そなたを定町廻りから外し、組屋敷での謹慎を申し付ける。なお、この謹慎は、家督相続をおこなうまで続く」

「隠居せよと……」

咎めの意味を悟った佐藤猪之助が顔色を変えた。

「筆頭与力の清水《しみず》がなんとかしてくれと頼みこむゆえ、すなおに咎めを受けいれるならば、時機を見て養生所見廻《ようじょうしょ》りとして復帰させてくれようと思ったが、その様子では同心という身分があるかぎり、分銅屋に喰い下がるであろう。それをさせるわけにはいかぬ」

「そんなことは……」

「遅いと申したはずじゃ。さっさと組屋敷へ帰り、門を閉じよ。まだ苦情を申すならば、佐藤家を八丁堀《はっちょうぼり》から追放するぞ」

最後通告を山田肥後守がおこなった。

「……わかりましてございまする」

町方役人でなくなってしまえば、ただの浪人である。そうなれば、組屋敷も追い出されるし、禄《ろく》も失う。

力なく佐藤猪之助が平伏した。

目付の芳賀《はが》から、分銅屋仁左衛門が堀田相模守と繋《つな》がっていると聞かされた坂田《さかた》は、絶句していた。

「どうする」

「むうう」

二人の目付が顔を見合わせて唸《うな》った。

目付は若年寄支配で千石高、徳川家の旗本を監察する。これがいつの間にか拡大解釈されていき、幕府の役人もその範疇《はんちゅう》に取りこんだ。

すなわち、目付は上司である若年寄はもちろん、同役、さらには老中でも監察できるだけの力を持っている。

「まさか相模守さまを調べるというわけにはいかぬぞ」

「そうだな」

芳賀の言葉に坂田も同意した。

形として、目付は老中でさえ監察できるが、それをすると強烈なしっぺ返しを受けることになった。

もちろん、目付は公明正大、秋霜烈日《しゅうそうれつじつ》を旨とするため、疑われた老中は、その尋問に応じる義務があり、それで罪を確定されたときは評定所《ひょうじょうしょ》において相応の咎めを受けることになる。そして、その一連の経緯を他の老中たちは邪魔できなかった。

目付には将軍と二人きりで面談する権が与えられているからであった。

「老中某《なにがし》がこのような罪を犯していると考えられまする。それについて目付として監察をいたそうとしましたところ別の老中が、邪魔をいたして参りまして」

このように将軍へ告げ口されては、火の粉が己にも飛んでくるからだ。

しかし、現実として目付は老中に手出しをしなかった。

老中は非常の際に設置される大老を別として、幕府最高位の地位にある。譜代名門の大名が、奏者番《そうじゃばん》、寺社奉行、側用人《そばようにん》、若年寄、大坂城代、京都所司代などを歴任して、ようやく届く。そこにいたるまでの年数と努力は、並大抵のものではない。だけに老中となった者の矜持は高い。

己への矜持はもちろんだが、老中という権威への矜持が高いのだ。

その老中を千石ていどの旗本が監察する。決められた役目ゆえだとわかっていても不満を持つのは当然であった。

されど、目付に手出しはできない。ならば、その目付を目付でなくせばいい。

「勤務奨励につき、大坂東町奉行に任ずる」

褒めた形で大抜擢《ばってき》すれば、非難を浴びることなく、その旗本を目付から外せる。

そうなれば、後はどうにでもなる。

「大坂という御上《おかみ》にとって重要な地を預けられておきながら、そのていどのことしかできぬなど、怠慢である」

権力者にとって言いがかりほど簡単なものはない。功績があろうがなかろうが、そんなものはどうでもいい。難癖を付けて、罪に落とす。

そう、かつての目付が目付によって監察されることになる。

「先がなくなるぞ」

「わかっておる。が、このままでは田沼主殿頭の策がなってしまう。それは我ら一身よりも大事だ」

坂田が二の足を踏み、芳賀がそれに反対した。

「一度、堀田相模守さまとお話をしてみるべきであろう」

「もし、相模守さまがすでに主殿頭と同心しておられたら、我らは終わるぞ」

芳賀の提案を坂田が止めた。

「分銅屋が出入りしている段階で、その怖れはあるか」

注意すべきだと言われた芳賀も思案に入った。

「相模守さま以外のご老中さまはどうだ」

「ふむ。だが、お一人では辛《つら》いぞ。相手は老中首座さまだ」

坂田の発言に、今度は芳賀が慎重になった。

「とはいえ、このままでは押しこまれるだけだ」

芳賀が苦い顔をした。

「このまま黙って引き下がるわけにもいかぬ。かといって我らだけでどうにかなる状況ではなくなった。今、かなり不利である」

「ああ」

現況の確認を求めた坂田に芳賀がうなずいた。

「そこで、どうであろう。他のご老中さま方を調べるのは」

「それはあれか、ご老中さまのなかに主殿頭に与《くみ》しておられる方が、相模守さま以外におられるかも知れぬと」

坂田の提案に芳賀が顔色を変えた。

「…………」

無言で坂田が肯定した。

「で、他のご老中さままで手が回っていたらどうするのだ」

「お一人でも、主殿頭に籠絡《ろうらく》されておられたら……」

「おられたら……」

芳賀が途中で止めた坂田に、その先を促した。

「あきらめる」

「……………」

手を引くと言った坂田に芳賀が黙った。

「ご老中の定員は五人以下、そのうち二人が転んでいれば、残り三人が説得されるのは、時間の問題だ」

老中はときによって増員されたり、欠員がでたりするが、おおむね五人が定員とされている。重要な案件については合議をおこない、その結果を将軍に奏上《そうじよう》する。

初代将軍徳川家康《いえやす》が、宿老《しゆくろう》たちを丁重に遇し、その意見に耳を傾けた経緯もあり、老中が合議した結果のものはよほどのことでもないかぎりそのまま将軍は認可する慣例になっている。

とくに今の九代将軍家重《いえしげ》は、幼少のころ患った熱病で言語不明瞭となっており、政《まつりごと》に興味を持っていない。老中の総意でございますと言われれば、まちがいなく受けいれるだろうと考えられた。

「それでは、我ら旗本は領地を取りあげられ、金をもらうことになるぞ。それは、若党《わかとう》と同じだ」

芳賀が激した。

若党は武士の家臣ではあるが、譜代ではない。雇われている間だけ武士の身分となり両刀を差せるが、任期が切れると町民になる。その若党の俸禄《ほうろく》が、概《おおむ》ね年に三両一人扶持《ふち》であった。

「知行所《ちぎょうしょ》なくして、なにが武士ぞ。武士は一所懸命が本分であろう」

さらに芳賀が坂田に迫った。

一所懸命は、小さな土地でも守るために命を懸けるという意味で、古くは鎌倉のころから、武士の心構えとして伝えられて来ていた。

「わかっておる。わかっておるがの、いたしかたあるまいが」

坂田が、現実を見ろと芳賀に言った。

「老中方に睨まれれば、目付といえども終わる。改易《かいえき》されれば、武士も一所懸命もあったものではなくなるのだぞ」

「老中方とはいえ、旗本を改易するだけの権はない。旗本を潰せるのは上様だけだ」

芳賀が坂田に反論した。

たしかに老中も将軍の家臣である。禄に大きな差があろうとも、大名と旗本は、将軍の家臣として同格であり、同僚が同僚を潰すことは無事の根本たるご恩とご奉公に反するとしてできなかった。

「上様が、我らをおかばいくださるか」

「…………」

坂田に問われた芳賀が黙った。

「上様にとって千石そこその我らなど、名前を覚える相手でさえない」

「それは……」

芳賀が坂田の追い討ちに詰まった。

旗本と御家人《ごけにん》の違いは、将軍に目通りができるかどうかである。旗本は将軍に会え、御家人は会うどころか、目の隅に入ることさえ難しい。

これを如実に示すのが、家督相続であった。

御家人は、家督相続をしたら組頭《くみがしら》へあいさつに行く。それだけですんだ。さきほどと同じく家臣が家臣をどうこうする権はないため、組頭が否定することはない。

対して旗本は将軍家への目通りが必須であった。もちろん、当主の急死などで手順を省いて家督相続をおこなうときはあったが、後日、かならず将軍への目通りをしなければならなかった。

なぜ、そうなるか。目通りならすぐできるだろうと思うが、そうではなかった。

さすがに数千石をこえる高禄旗本や大名ならば、目通り願いを出してすぐに返答がある。しかし、千石に届かない旗本となると数が多い。目通りできる旗本に一々応じていては、将軍が忙しくなりすぎる。たいしたことのない旗本のために将軍が動くなどもったいない。

このどちらか、あるいは両方の理由から、高禄でない旗本の家督相続御礼目見えは、数家から十数家まとめてとなった。

しかも面倒なのは、家格の近い旗本をまとめるために、定数にいたるまで放置される。それこそ、一年以上待たされた例もあった。

「思い出したわ」

芳賀が家督相続御礼目見えのことを思い出した。

「願いをあげてから、八カ月後であった。しかも、廊下での通過目見えじゃ」

「拙者もよく似たものだ」

坂田もうなずいた。

大名だとか高禄旗本だと、黒書院あるいは白書院で奏者番がついての目通りになる。名前も読みあげてもらえるし、将軍から「とくと務めよ」とか「よく治めよ」などの声がかけられる。だが、まとめての目見えは、書院ではなく廊下の隅に座らされそこに将軍が通りすがるといった形になる。

もちろん奏者番が付き、名前を読みあげてはもらえるが、将軍は偶然そこを通りがかったという体《てい》をとるため無言で立っているだけで、紹介が終わるなり、声も出さず、その場を去っていく。

「なんの目見えか、なんの旗本かと思ったものだ」

「聞かぬことにする」

芳賀の不満を坂田が流した。

「じゃが、あれで出世をしたいと思った」

「ああ」

今度は坂田も同意した。

十把《じっぱ》一絡《ひとから》げではなく、せめて一人での目通りが願える身分になりたい。そう強く思った芳賀と坂田は、必死に役職を得ようと努力し、役人になれば一所懸命に働いて、旗本のあこがれといわれる目付にまできた。

「目付にはなれた。だが、目付は分水嶺《ぶんすいれい》である」

「…………」

芳賀の言葉を無言で坂田が肯定した。

旗本のなかの旗本、俊英の集まりなどと称賛される目付ではあるが、やはり監察役などをしていると嫌われる。また、就任のときに友人はもとより親族まで縁を切るのが慣例であるため、縁故がつかえなくなる。

結果、目付に長くいつくことになる者が多かった。

ただし、例外もあった。

目付で手柄を多くたてて上役に認められた者は、予想外の出世をした。それこそ幕政にかかわることもできる勘定奉行あるいは町奉行になれた。

勘定奉行あるいは町奉行は三千石高で旗本としては最高位といえる。たとえ無役になっても、小普請組《こぶしんぐみ》ではなく寄合《よりあい》に入れる。

寄合は三千石以上の旗本が無役になったときに配されるところで、小普請のように懲罰と言われることもなく適当な役職が空くまでの待機に近い。

そして寄合になれば、家督相続の目通りは一家でになるのが普通であった。

「主殿頭の野望を防げば、手柄になるはずだった」

坂田が口にした。

「だが、そうではなくなった」

「…………」

首を横に振った坂田に、芳賀が俯《うつむ》いた。

「目付の手柄を認めるのは、ご老中さまだ。そのご老中さまと敵対しては……」

「くっ」

最後まで言わなかった坂田に芳賀が唇を嚙《か》んだ。

「とはいえ、このまま終わるわけにはいかぬ」

坂田が目を大きく拡げた。

「すでに田沼主殿頭に、我らのことは知られている。でなければ、将軍と目付の目通りに大岡出雲守《おおおかいずものかみ》が同席するなどという話は出ぬ」

「だな」

芳賀も首肯《しゅこう》した。

「つまり、ここで我らが手を引いたとしても、見逃されることはない」

「敵対した者を見逃して手痛いしっぺ返しを受ける愚を、田沼主殿頭は犯さぬだろうな」

二人が顔を見合わせた。

「もし、田沼主殿頭が老中になったら……」

「我らは目付を外され、謹慎、小普請入りになる」

「甘いぞ。武士を知行から切り離し、金で縛ろうとしている田沼主殿頭だ。反対する者は多かろう。たとえ、老中すべてを味方にしても、御三家や溜《たまり》の間《ま》詰めなどの譜代名門が、黙っているとは思えぬ」

坂田が老中を味方にするのをあきらめたと言った真意に触れた。

「御三家や越前松平《えちぜんまつだいら》家、井伊《いい》家などを味方に付けると」

芳賀が驚いた。

「そうだ。御三家も越前松平家も、井伊家も神君家康さまから、直接領地をちょうだいした。そのことを誇りに思っておられるはずだ」

「なるほど。知行を金に代えるというのは、領地を取りあげて、同額の金を与えるということだからな」

芳賀も納得した。

「田沼主殿頭に与した老中方も、御三家が敵に回るとならば態度を変えられよう」

「政には加わらないとはいえ、御三家の言は重い」

坂田の発言を芳賀も認めた。

「どこからいく」

「言うまでもなかろう。尾張《おわり》さまからじゃ」

訊《き》いた芳賀に、坂田が答えた。

分銅屋仁左衛門は、喜代から左馬介の状態を聞いていた。

「なるほど。傷口は塞がったんだね」

「はい。ですが、まだ動かせばお痛みがあるようで」

確認する分銅屋仁左衛門に喜代が復帰させるのは早いと言った。

「……ふうん」

分銅屋仁左衛門が喜代の態度に頬を緩めた。

「なにか」

喜代が表情を引き締めた。

「なんでもないよ。そうかい。まだ用心棒として戻ってもらうのは無理かい。となるといささか不用心だから、新しい……」

「無理とは申しておりませぬ」

分銅屋仁左衛門の言を喜代が遮った。

「ふふふ」

「……旦那さま」

笑った分銅屋仁左衛門を喜代が睨んだ。

「いやいや、悪かったね」

分銅屋仁左衛門が詫《わ》びた。

「でもね、店にいてくださるかどうかで、かなり話が変わるのだよ」

怒っている喜代に分銅屋仁左衛門が告げた。

「戦っていただかなくとも、いてくださるだけで……」

「どうなっているんだ、この店は」

ふたたび分銅屋仁左衛門の言葉が遮られた。

「……ほら」

その野太い声に分銅屋仁左衛門が嫌そうな顔をした。

両替商は、いかに金貸しが主となっていても、その看板があるかぎり、求められたら両替をしなければならない。そのときにもめ事が起こった。

「この銭はちょっと」

持ちこまれた銭を一分金や小判に交換するとき、質の悪い鐚銭《びたせん》が混じっていることは多い。鐚銭でも状態が良ければ一文として数えるのだが、縁が欠けている、あるいは穴が大きすぎる、銭自体が小さいなど、まともに流通できないものがあった。

「では、代わりにこれで」

ほとんどの場合、現品を確認した客は引き下がるか、代品を出してくるのだが、なかにはそれを認めない者もいた。

「銭には違いなかろうが。両替屋ならば、それくらいわかるだろう」

無理矢理に押しつけようとする。

これくらいならまだまともなほうだ。

基本、千枚の銭をまとめて、その穴に紐《ひも》を通して一貫文《いっかんもん》と称した。ただし、このとき千枚を数える手間賃と、紐代として四文引くのが習慣となり、実際は九百九十六文で一貫として通用させていた。この四文を十文、場合によっては二十文にして、銭を括《くく》り、平気な顔で一貫だと言い張る者もいた。

「どれ、番頭さんならうまく片付けるだろうが……」

分銅屋仁左衛門が立ちあがった。

両替屋はどことも同じような造りをしていた。

暖簾《のれん》を潜ったところに半間土間《はんげん》（約九十センチメートル）があり、その奥に少し高くなった板の間を設けここで客との遣り取りをする。そして肝心な金は、その板の間のどん詰まりに木枠で囲った結界《けっかい》と呼ばれるところに保管されていた。これは、店に駆けこんできて、そのままの勢いで金箱を盗んで逃げようとする盗賊を防ぐためのものであり、この結界には金箱の鍵を持つ主あるいは鍵を預かっている番頭以外は入れなかった。

「お客さま、これは枚数が足りておりませんが」

店では番頭が板の間で、柄の悪い客の応対をしていた。

「なんだとう。この板橋《いたばし》の弥五郎《やごろう》が持ちこんだ銭に文句を付ける気か」

柄の悪い客が凄《すご》んだ。

「銭千枚は一貫（約三・七五キログラム）と決まっております。手間賃の四文を引いてもさほどの差はございません。このように一貫の分銅を使って、天秤《てんびん》で重さを量ったとしても、傾きはわずかになりまする。ですが、これは傾きすぎで」

番頭が天秤を指さした。

天秤は両替商にとって必需品であった。銭を小判に替えてくれと持ちこまれたときに、手で数えていたら手間がかかりすぎるのだ。

銭と小判の関係は相場で変化する。今は、米の穫《と》れ高《だか》が悪くないため、一両は銭六千五百文となっている。

両替屋は銭を六千五百枚持ちこまれたとき、天秤を使っておおよそ正しいかどうかを確認し、おかしいと思うものだけを手で勘定する。

この計量で板橋の弥五郎はひっかかった。

「ふざけるな。弥五郎さまが、そんなけちくさい銭数枚稼ぎなんぞするはずはねえ。おおっ、てめえ、よくもこのおれさまの顔を潰してくれたな」

板橋の弥五郎が番頭を怒鳴りつけた。

「と申されましても。お客さまは当家初めてのご利用でございますれば、どこのどなたさまかも存じませぬし、銭の重さが足りないのは確かでございます」

無頼の脅しくらいに屈していては、両替商で番頭までは出世しない。毅然《きぜん》たる態度で、番頭が反論した。

「ご不満でございましたら、紐をほどいて枚数を数えてもよろしゅうございますが」

「……こいつ」

番頭の態度が変わらないことに板橋の弥五郎が気色《けしき》ばんだ。

「どうぞ、これらをお持ちになって、他店《よそ》さまへお行きくださいますよう」

「おう、どうしてもおいらが銭をくすねているとしたいんだな。そこまで言われたら、もう板橋には帰れねえ。ここに居座るから覚悟しな」

板橋の弥五郎が、板の間でふんぞり返った。

「喜代、ああいったのが諫山さまの姿を見ただけで帰るんですよ。というより、用心棒がいるというだけで、店へ入ってこなくなります」

「諫山さまは、魔除《まよ》けでございますか」

見ていた分銅屋仁左衛門にささやかれた喜代があきれた。

「用心棒などというものはね、なにかあったときに対処するよりも、なにも起きないように見張るのが仕事だよ」

分銅屋仁左衛門が喜代を諭した。

「この店は、客に茶も出ねえのか」

板橋の弥五郎が、あたりに聞こえるようにと大声を出した。

「わざわざ儲《もう》けさせてやろうと思って橋から出てきたというのに、ここは客あしらいがなってねえぞ」

だめ押しとばかりに板橋の弥五郎が続けた。

「……そろそろ出るかねえ」

番頭にさせるのはかわいそうだと、分銅屋仁左衛門が板橋の弥五郎の相手を代わろうとした。

「やかましいな」

店の外から険しい声がした。

「誰だあ。おいらを板橋の宿場《しゅくば》を締めている弥五郎さまと知ってのうえでか」

板橋の弥五郎が、後ろを振り向いた。

「どこの田舎者《いなかもの》だ、おめえ」

暖簾をかき分けて顔を出したのは、一目で町方役人とわかる風体の南町奉行所筆頭与力の清水源次郎《げんじろう》であった。

「げっ、町方……」

板橋の弥五郎が顔色を変えた。

「これは清水さま」

筆頭与力の来訪となれば、店主が出なければならない。分銅屋仁左衛門が奥から店へと踏み出した。

「おう、分銅屋。邪魔をする」

清水源次郎が、板橋の弥五郎の後ろに立ったままで手をあげた。

「本日は、なにか」

「ああ、ちいと頼みたいことがあってな」

南町奉行所とはいろいろあったため警戒する分銅屋仁左衛門へ、清水源次郎が述べた。

「わたくしにお頼みでございますか……」

分銅屋仁左衛門が怪訝な顔をした。

「ここを定町廻り同心の立ち寄り場所にしたいのだが、どうだろう」

「立ち寄り場所にでございますか」

「ひくっ」

清水源次郎の言葉に分銅屋仁左衛門が驚き、板橋の弥五郎が息を呑んだ。

「この辺りにちょうどよい自身番《じしんばん》もなく、定町廻りが休息を取るのにも困るのだ。そこで、分銅屋に無理を頼みたいと思ってな」

「………」

分銅屋仁左衛門が黙った。

「そういえば、佐藤さまは」

諾否《だくひ》を言わず、分銅屋仁左衛門が尋ねた。

「佐藤ならば、体調を崩しての。定町廻りを辞めて、組屋敷で療養をいたしておる」

分銅屋仁左衛門以外の耳があるところで、真実を話すわけにもいかない。清水源次郎が表向きの理由を告げた。

「さようでございましたか」

それを聞かされて、清水源次郎の真意を悟れないようでは江戸で商売人などやっておられるはずもなし。すぐに分銅屋仁左衛門は理解した。

「で、どうだろう」

清水源次郎が立ち寄り場所の件の返答を求めた。

「喜んで務めさせていただきまする」

定町廻り同心が毎日顔を出すとわかっている店に、無体《むたい》を仕掛ける者などいない。金を扱う両替商としては、なによりありがたい話であった。

「そうか、引き受けてくれるか。では……」

喜色を浮かべた清水源次郎が、窺《うかが》うような目で分銅屋仁左衛門を見た。

「新しい定町廻りのお方さまのお手助けをさせていただきまする」

合力金《ごうりききん》も頼めるかと暗に問うた清水源次郎に、分銅屋仁左衛門がうなずいた。

「助かる」

清水源次郎が安堵《あんど》の息を吐いた。

「その金を返してくれ。帰る」

板橋の弥五郎が番頭へ手を出した。

町奉行所の役人がいる前で、強請集《ゆすりたか》りなんぞできるはずもない。さっさとこの場を離れなければ、捕まってしまう。

「待ちな」

雰囲気を険しくした清水源次郎が板橋の弥五郎を制した。

「へ、へい。なんでござんしょう」

先ほどまでの勢いはどこへやら、板橋の弥五郎が従順な対応をした。

「てめえ、なにをした」

「あっしはなにも」

清水源次郎に問い詰められた板橋の弥五郎が大きく首を左右に振った。

「本当か、番頭」

「いえ。このいささか文数が足りない銭を持ちこまれ、両替を強要しました。それを断れば、脅しを」

訊かれた番頭が答えた。

「ち、違う。その銭が足りないなんて、知らなかったんだ」

板橋の弥五郎が否定した。

「ほう、てめえで持ちこんで知らない。じゃあ、この銭はどこで手に入れた」

「……………」

清水源次郎に追及された板橋の弥五郎が黙った。

「てめえで稼いだものなら、数が足りないのを知っているはずだ。そうじゃないなら、出所をはっきりさせな」

当然の疑問を清水源次郎が板橋の弥五郎にぶつけた。

「まあいい。ここで詮議《せんぎ》をしたんじゃ、店に迷惑がかかる。おい、こいつを自身番まで連れていけ」

「へい」

清水源次郎の指示に、外で待っていた御用聞きが板橋の弥五郎に手をかけた。

「ううう」

板橋の弥五郎が唸った。

逃げ出せば、持ちこんだ金を捨てることになる。かといってその金を己のものだと言えば、騙《かた》りの罪を認めたことになる。

「立ちやがれ」

御用聞きが板橋の弥五郎の肩に手をかけた。

「うわ、うわあああ」

大声を出して、板橋の弥五郎が逃げ出した。

「追いかけろ」

「へい」

清水源次郎の命に御用聞きたちが反応した。

「金を捨てましたか」

分銅屋仁左衛門が驚いた。

「一両たらずの銭では引き合わないほどの余罪があるんだろうよ」

清水源次郎が苦笑した。

「まあ、たいした罪じゃなかろう。博打《ばくち》か、強請といったあたりだろうなあ。これくらいの金をさっさと捨てて逃げ出すという判断がなかなかできなかったくらいだからな」

「でございましょう」

清水源次郎の推測に分銅屋仁左衛門も同意した。

「新しい定町廻りには、近いうちに挨拶をさせる。では、これで」

「承知いたしましてございまする」

腰をあげた清水源次郎に分銅屋仁左衛門が頭をさげた。

三

田沼主殿頭意次の屋敷を訪れる客の数は日ごと増えていた。

「なにとぞ、よしなにお伝えくださいますよう」

「是非、この手塚権兵衛忠恒《てづかごんべえただつね》を小納戸にご推挙くだされ」

来客たちは忙しい田沼主殿頭に会えずとも文句一つ言わず、代理の用人に贈りものを託していく。

「ここまですごいか」

お側御用取次としての役目を果たして帰ってきた田沼主殿頭が、積みあげられている贈りものに目を剝いた。

「これだけではございませぬ。品物でない金は、あちらの金箱に入れておりまする」

用人が部屋の隅を見た。

「金箱……二つあるようだが……」

「はい。今までのぶんでここまでになりましてございまする」

合わせて二千両をこえたと用人が報告した。

「なんともはや……」

　さすがの田沼主殿頭が唖然《あぜん》とした。

「金があればなんでもできるとはいわぬが、そこその利を得られる。金とは便利なものだ、大事なものだと旗本どもに植え付けられればと思って始めた出世の斡旋《あっせん》だったが……」

　田沼主殿頭は八代将軍から命じられた、毎年収穫が変動する不安定な米から金に武家の経済を移行させるための端緒《たんちょ》として、賄賂《わいろ》を受け取って役目を斡旋するあるいは、要望に応えるということを始めた。

「まだ数カ月にも満たないというに、この有様である。余がやらずとも、すでに武士は金の価値に気づいているのではないか」

　田沼主殿頭が嘆息した。

「無駄に汚名を被《こうむ》ったのならば、父に申しわけが立たぬ」

　賄賂を受け取るというだけでも、田沼主殿頭の評判は落ちる。ましてや、渡した金の多寡で願いがかなうかどうか変わってくるとなれば、武家としてあるまじき強欲な者として蔑《さげす》まれるのは確実であった。

「吾《わ》が名など泥にまみれても、吉宗《よしむね》さまのご遺命は果たさねばならぬが……」

田沼主殿頭が積みあげられている品や金に目をやった。

「これらを受け取った報いは、受けることになろうよ」

小さく田沼主殿頭が首を横に振った。

「これらはいかがいたしましょう」

用人が問うた。

「金はとりあえず、蔵に入れておけ。いずれ撒《ま》くときが来よう」

「はっ。品物はいかがいたしましょう」

指示に首肯した用人が重ねて問うた。

「どのようなものがある」

「白絹、名刀、真珠などの宝玉、飾りもの、茶道具など多岐にわたりまする」

尋ねた主君に言いきれぬと用人が首を左右に振った。

「飾るわけにもいかんの」

田沼主殿頭が苦笑した。

もらったものの数が少なければ廊下の隅に置いたり、座敷に飾り付けたりできるが、多すぎると出番のないものが出てきてしまう。

そうなれば、他の者が贈ったものは並んでいたが、拙者のものは使ってもらっていないとなる場合が出てきてしまう。

「あれでは不足であったか。あらたなものを」

そうなればまだいいが、

「おのれ、なりあがりの分際で、儂《わし》の贈りものが気に入らぬと申すか。ええい、あのような者など頼らぬ」

怒りのあまり、敵対する者も出てくる。

田沼主殿頭のしようとしていることは武士のありかたを変えるものだけに、反対も多くなる。そうとわかっていながら、敵を増やすなど愚の骨頂である。

「蔵に入るか」

「今はなんとかなりましょうが、いずれは……」

蔵を新築しなければならなくなると用人が告げた。

「間に合わぬな」

田沼主殿頭が難しい顔をした。

火事にも耐える分厚い壁を持つ蔵は、その建築にかなりの金額とときがかかった。いかにお側御用取次田沼主殿頭とはいえ、壁土の乾燥など天候の影響があるため工期の短縮はできない。

「売るしかないな」

「献残屋《こんざんや》を呼びましょうや」

決断した田沼主殿頭に用人が気を利かせた。

献残屋は贈答品で使用しないものを引き取り、それをもう一度売る商売である。大名屋敷の多い江戸城周辺に軒を並べており、安く買いたたかれるとはいえ商いのできない武家には重宝されていた。

「献残屋か……」

田沼主殿頭が思案に入った。

「……止《や》めておこう。白絹くらいならばいいが、その他のものを再販されては、まずいときもあろう」

「贈り主が見つけたときでございますな」

「ああ。献残屋に売られるだろうとはわかっているはずだが、実際目の当たりにしていい気のものではない。安く買いたたかれるのだからの」

「はい。献残屋で多少の差はございますが、よくて元値《もとね》の二分ほどだとか」

「八分も無駄にしたと思えば、効果もそれだけ薄くなったと思うだろうしな」

用人の説明に、田沼主殿頭が述べた。

「では、いかように。下屋敷にでも移しましょうや」

お側御用取次となった田沼主殿頭には、あらたに下屋敷が与えられている。

「下屋敷では、盗賊が防げまい」

用人の提案を、田沼主殿頭が拒んだ。

二千石に加増された田沼主殿頭だが、職務の割りに禄は少なく人手が足りていない。お側御用取次を務めるためには世情にも通じていなければならず、それらを調べるために多くの家臣を城下に派遣している。また、来客が一気に増えたため、その応対のための人数も要《い》り、とても下屋敷にまで手が回りきらなかった。

「では、どのように」

用人が困惑した。

「……分銅屋にさせるか」

「よろしいのでございまするか」

呟《つぶや》いた田沼主殿頭に用人が懸念を表した。

「分銅屋とのつきあいを表に出すのはまずいが、これらの処分を安心して任せられる者はあやつしかおらぬ」

田沼主殿頭が用人を見た。

「そなたが分銅屋へ出向き、話を付けて参れ」

「わかりましてございまする」

主君の指示を断ることはできない。用人が手を突いて引き受けた。


組屋敷での謹慎を言い渡された佐藤猪之助は、その日のうちに隠居届を出し、家督を嫡男《ちゃくなん》に譲った。

「そなたには苦労をかけるが、頼んだぞ」

「はい。きっと父上のような立派な定町廻り同心になってみせまする」

父から家を託された嫡男が胸を張った。

「では、最初に勘当をしてくれ」

「……なにをっ」

佐藤猪之助の求めに嫡男が目を剝いた。

「これ以上、父のわがままで佐藤の家に迷惑をかけることはできぬ」

隠居届を出したことで、佐藤猪之助の謹慎はあってなきものになっている。さすがに堂々と吉原《よしわら》で芸妓をあげて騒ぎでもしたら、叱られるだろうが、出歩くくらいならば、誰も咎め立てはしない。

「まだ、父上さまは……」

「ああ。辛抱できぬ。儂は町方同心として、江戸の町を守ってきたと自負している。その儂が役目を外され、分銅屋が傷一つなくのさばっているのは我慢がならぬ。いや、なにより人を殺した浪人をそのままにしてはおけぬ」

佐藤猪之助が怒りを露《あら》わにした。

かつて左馬介は、札差加賀屋《ふださしかがや》に唆《そそのか》された旗本田野里《たのさと》の家臣による襲撃を受けた。なんとか返り討ちにしたが、死体の後始末までは思いが至らず、町方役人に見つけられてしまった。その一件の担当となったのが佐藤猪之助であった。

佐藤猪之助は死体に残された撲殺の跡から、鉄扇術を使う左馬介に不審を抱き、探索の手を伸ばした。

それを分銅屋仁左衛門が田沼主殿頭の手を借りて、防いだのだ。

家臣の死は田野里による上意討ちであるとして、左馬介はかかわりないとなったが、それを素直に信じるほど佐藤猪之助は甘くはなかった。

だが、一度決まったことをひっくり返すわけにはいかず、山田肥後守は佐藤猪之助へ分銅屋仁左衛門に近づくなと命じた。

それを納得しなかった佐藤猪之助が、無理矢理理由を付けて分銅屋仁左衛門と左馬介を洗おうとして、山田肥後守の怒りに触れ、処分となった。

「悪人を見逃せぬと」

「そうだ。多少の私怨《しえん》もあるがな。ようやく定町廻り同心になり、これから十年は現役でいられたのを奪われたのだ。腹立たしいというのも偽りではない」

嫡男の確認に、佐藤猪之助がうなずいた。

「……わかりましてございまする」

若さゆえの正義感もある。嫡男が父の願いを認めた。

「母上のことはお任せくださいませ」

「頼んだ。役目役目でよき夫ではなかったからな、おまえが孝行してやってくれ」

嫡男の言葉に佐藤猪之助が頭を垂れた。

「これを」

当主居間にある文箱から、嫡男が切り餅を一つ出した。

「……すまん。いただこう」

なにをするにも金は要る。今までは十手を渡した配下がいたが、定町廻り同心でなくなったので使えない。なにより、勘当されては組屋敷にいられず、町屋で住むところを算段しなければならなくなる。

勘当は家への連座《れんざ》を避けられるが、その代わりいっさいの援助を受けられない。もう佐藤猪之助は、八丁堀へ足を踏み入れることさえできないのだ。

「お達者で」

「…………」

見送る嫡男を佐藤猪之助が無言で見つめた。

「……さらばだ」

佐藤猪之助が意を決して出ていった。

「母上さま」

「……鹿之助《しかのすけ》」

振り向いた嫡男の目に、目隠し屏風《びょうぶ》の陰で泣く母が映った。

「よろしいのですか。わたくしならば、一人で大丈夫でございまする」

「……足手まといですから」

息子の気遣いに、母が首を横に振った。

「父上を恥じず、父上のような、立派な同心になりなさい」

「はい」

母の言葉に、佐藤鹿之助が強く首肯した。

御家人から、浪人となった佐藤猪之助は、まずかつての配下五輪《いつわ》の与吉《よきち》を訪ねた。

「これは、佐藤さま」

もう十手を預けてくれている旦那ではない。五輪の与吉が佐藤猪之助を名字で呼んだ。

「悪いな。挨拶だけをしておこうと思っての」

「挨拶でござんすか」

五輪の与吉が首をかしげた。

「本日、めでたく佐藤家を勘当された」

「勘当……」

武家で勘当は大きい。五輪の与吉が驚いた。

「今から、ただの浪人、猪之助ということだ」

「思いきったことをなさる」

笑いながら言う佐藤猪之助に、五輪の与吉があきれた。

「そこまで……」

「職まで賭したんだ。このまま終われるかよ」

佐藤猪之助が笑いを消した。

「申しわけございやせんが、あっしはお手伝いできやせんぜ」

「わかっているとも。奉行から厳しいお達しが出ているからな。南町奉行所に属している者は、分銅屋へかかわることはしねえ」

手は貸せないと言った五輪の与吉に佐藤猪之助が応じた。

「それがでやすね、南の状況が変わりやして」

「どういうことだ」

言いにくそうにする五輪の与吉に、佐藤猪之助が語気を強めた。

「分銅屋が定町廻りの立ち寄り場所になりやした」

「……なんだと」

一瞬、五輪の与吉が何を言ったかわからなかったのか、佐藤猪之助の反応が遅れた。

「まことか」

「へい。三日前に、筆頭与力の清水さまが直接分銅屋へお出でになりやして」

啞然とした佐藤猪之助に、五輪の与吉が伝えた。

「おいらのせいだな」

「…………」

無言で五輪の与吉が肯定した。

「南町奉行所としての詫び」

「へい」

今度は五輪の与吉が声に出して同意した。

「くそったれが。これでは分銅屋へ近づくわけにもいかねえ」

佐藤猪之助が歯がみをした。

「残念でございますが……」

ここまでだと五輪の与吉が首を横に振った。

「……なあ、与吉」

「なんでござんす」

「新しい定町廻りは誰だ」

「東野《ひがしの》の旦那で」

問われた五輪の与吉が答えた。

「東野、東野市《いちの》ノ進《しん》か。あんな若造が、この浅草《あさくさ》を仕切れるわけねえぞ」

「決まったことでござんす。あっしらになにを言うこともできやせん」

あきれた佐藤猪之助に五輪の与吉が手を振った。

「毎朝、いつごろここに来る」

「朝一番に」

訊いた佐藤猪之助に五輪の与吉が教えた。

「新任らしいな」

「佐藤さまもそうでやしたね」

二人が顔を見合わせた。

「定町廻りは、町方同心の憧れだからな。どうしても気合いが入る。当分の間、東野は朝一番で顔を出すだろう」

「でござんしょう」

五輪の与吉が首肯した。

「昼からは来ねえな。それだと」

「お見えになりませんね。今のところは」

確かめるような佐藤猪之助に五輪の与吉が肯定した。

「なら、昼からだと大丈夫そうだな」

佐藤猪之助が口の端を吊《つ》り上げた。

「勘弁してくださいよ。これ以上、分銅屋にかかわるのは御免ですぜ。佐藤さまの指示とはいえ、分銅屋にいろいろ仕掛けていたのがばれて、きつく清水さまから叱られやした。次に分銅屋から苦情が出たら、あっしは十手を取りあげられちまいまさ」

五輪の与吉が佐藤猪之助に頼んだ。

「心配するな。おめえには迷惑をかけねえよ。今日、顔を出したのは詫びとどこかこの近隣で安い長屋を紹介してもらおうと思ってだ」

「詫びなんぞ要りやせんよ。あっしも納得のうえでやってたことでござんすから」

頭をさげた佐藤猪之助に、五輪の与吉が手を振った。

「あとは、長屋でござんすか……」

「金に余裕がないのでな、安いところがありがたい」

悩む五輪の与吉に佐藤猪之助が念を押した。

「……あまり綺麗《きれい》じゃござんせんよ」

「かまわねえ」

「じゃあ、左衛門店《さえもんだな》がよござんしょう。あそこは一つ空いてたはずで」

御用聞きは縄張りのことを隅々まで知っていなければ務まらない。

「そこでいい」

「住人は碌《ろく》でなしばかりでございますが……」

了承した佐藤猪之助に、五輪の与吉が注意を加えた。

「さすがに下手人は住んじゃいねえだろう」

下手人とは、人を殺した者のことを言う。

「そんなのがいたら、とっくに縄かけてやすよ」

五輪の与吉が笑った。

「そうだったな」

人を殺して逃げている者を捕まえれば、大手柄になる。御用聞きはもちろん、その旦那である廻り方同心も名が知れ渡る。

犯罪をした者を捕り方が捕まえるのは当たり前のことで、別段同心が与力に御用聞きが同心に出世できるわけではないが、有名になればそれだけの利点があった。

「ぜひとも、当家をお見廻りいただきたく」

評判を聞いた商人が、縄張り内はもちろん、縄張り外の商人も金を持って集まってくる。

縄張り外だと意味がなさそうに思えるが、手柄のある同心は、同じ定町廻りのなかでも威を張れる。

「何々屋が面倒をかけているらしいが、よろしく頼む」

そう縄張りの定町廻り同心に気遣いをさせられる。また、求められたほうも、他所《よそ》の縄張りに口出しするなとは、言いにくい。なにせ、町奉行所の名前も高めたことで、町奉行や筆頭与力、筆頭同心たちの覚えがめでたくなっているのだ。

そんな同心相手に喧嘩《けんか》をしたい者はいない。

「では、ご案内を」

「いいのか」

立ちあがった五輪の与吉に、佐藤猪之助が問うた。

「これくらいはさせていただきやすよ。今まで十手を預けてくださってたお礼ということで」

「すまんな」

素直に佐藤猪之助が感謝した。

「ただし、これでご縁切りとさせていただきます。わたくしにも養わなきゃいけない家族や配下がいやすので、十手を取りあげられるわけにはいきません」

口調を他人行儀なものにした五輪の与吉が宣した。

「……そうだな」

少し寂しそうな顔で佐藤猪之助が受けいれた。

「今更だが……同心であったときから十二分にしてもらった。おぬしがいなければ拙者は定町廻りとしてやっていけなかっただろう。感謝している」

佐藤猪之助がていねいな言葉遣いで決別を受けいれた。

第二章　執念の形

一

ようやく喜代の許しが出た左馬介は、分銅屋に顔を出した。

「申しわけないことでござる」

長く休んだことを左馬介が謝罪した。

「情けないことをおっしゃいますな。諫山さまのお怪我は、店を守ってのもの。それを非難するようでは、わたくしは人でなしになります」

分銅屋仁左衛門が謝罪は不要だと言った。

「では、あらためまして……」

すっと分銅屋仁左衛門が背筋を伸ばした。

「あのときは、ありがとうございました。あのままやられていれば、わたくしも無事ではいなかったでしょう。諫山さまはいわば命の恩人でございまする」

分銅屋仁左衛門が深々と腰を折った。

「いや、それこそ勘弁してくれ。用心棒はそれが仕事だ」

とんでもないと左馬介が分銅屋仁左衛門に頭をあげてくれと頼んだ。

「いえいえ。命は金で買えません」

分銅屋仁左衛門が首を左右に振った。

「……分銅屋どの」

「まあ、ここまでにいたしましょうか。諫山さまもお困りですし」

身の置きどころがないといった風情の左馬介に、分銅屋仁左衛門が笑った。

「そうしてくれると助かる」

左馬介がほっと息を吐いた。

「肩の調子はいかがでございますか」

「まだ思い切り動かすのはきついが、普段の生活には困らなくなっている。とはいえ、背中が洗えぬがな」

問われた左馬介が、笑いながら答えた。

「それはよろしゅうございました」

分銅屋仁左衛門が安堵した。

「今日から、用心棒に戻らせてもらう」

「よろしゅうございますので」

「ああ。これ以上長屋に籠《こ》もっていたら、かびが生える」

確認した分銅屋仁左衛門に左馬介が苦笑した。

「では、お願いをいたしましょう」

分銅屋仁左衛門が左馬介の復帰を認めた。

「早速だが、見回って来るとしよう」

左馬介が腰をあげた。

「助かります。諫山さまがお休みの間、馬鹿が集まって参りまして困っていたのでございますよ」

「それは悪かったな」

ため息を吐《つ》いた分銅屋仁左衛門に、左馬介が申しわけなさそうな顔をした。

用心棒の仕事は、盗賊を迎え撃つことではなかった。もちろん、それも任の一つといえば一つなのだが、本当の仕事は店になにごともないようにすることであった。

庶民とはいえ浪人は幕府の目こぼしで、両刀を帯びることが許されている。武士と同じような扱いは受けられないが、それでも太刀と脇差を持っているのは大きい。

そこいらの無頼ならば、浪人を見ただけで退散する。

浪人全部が剣の名人ではないとはいえ、博打に打って出る無頼はいない。なにしろ賭の形《かた》が己の命なのだ。負ければ死ぬことになる。

生きていてこそ、無頼もやっていける。賭博をし、女を買えるのも命あってこそできる。わずかな金に目がくらんで、浪人のいる店へ無体を仕掛けて、怪我でもしたら終わりであった。傷を負った無頼の面倒など誰も見てくれないし、ぎゃくに日ごろの恨みとばかりに追い討ちをかけられる。

この店には浪人が用心棒としている。そう見せつけるだけで、商店のもめ事の九割はなくなった。

「……なにか懐かしいな」

まだそれほどのときが経《た》ったわけではないが、左馬介は分銅屋の裏木戸をじっくりと眺めた。

「みょうな跡はないいな」

裏木戸周囲の土を左馬介は舐《な》めるようにして確認した。

盗賊はいきなり躍りこんではこない。どこに蔵があり、裏木戸の桟はどのような形か、用心棒はいるか、いても夜回りをするような真面目《まじめ》な者か、居眠りをするような雑なやつかを確かめてからになる。

そのなかでもっとも大事なのが、侵入口として使われやすい裏木戸であった。

どこの商家も表戸は頑丈にしてある。分厚い板を使ったり、鉄棒を仕込んだりして、そうそう破られないようにしている。しかし、裏木戸はそこまでの造りをしていないことが多かった。

たしかに普通の町民家よりは、板も堅いし、扉を補強する横木も多い。それでも表には及ばない。

また、表戸はほとんどの場合、通りに面しているため、夜中といえども他人に見つかる可能性がある。

それらのことから盗賊はまず裏木戸周辺を探索し、ここから入れるかどうかを確認した。

「いけそうだな」

足跡も梯子《はしご》の跡などもないことを見て、左馬介は一人でうなずいた。

その後は、店の周りを見て回る。わざと己の姿を見せるため、ゆっくりと歩く。

「大事ないか」

わざとらしく店の表からなかに声をかけたりもして、分銅屋の用心棒だと周囲に知らしめる。

「諫山先生、ご苦労さまでございます」

番頭もそれに応じた。

「……よし」

一周し終わりふたたび裏木戸から店へ戻った左馬介は、分銅屋仁左衛門のもとへ報告に向かった。

「おかしなところは見られず」

「はい。結構でございまする」

分銅屋仁左衛門がうなずいた。

「では、いつものようにお控えを願います」

「承知した」

左馬介は分銅屋仁左衛門の居室、その隣の部屋で待機するのが決まりであった。

「やはりいいですね。諫山さまがいるといないでは、店の雰囲気も違います。奉公人たちも安心なんでしょう」

　見送った分銅屋仁左衛門が独りごちた。

「旦那さま」

「どうしたい」

　襖《ふすま》の外からかけられた番頭の声に分銅屋仁左衛門が応じた。

「田沼主殿頭さまの御用人さまがお見えでございます」

「……田沼さまの。わかった。奥の客間へお通ししておくれ」

　少し考えた分銅屋仁左衛門だったが、すぐに指示を出した。

「はい」

　指図に番頭が従った。

　商家でも少し大きなところになると、客間もいくつか持っていた。店に近いほうから格下用、奥になるほど重要な客用となる。これは客間によって違う調度品などの質を客に見比べられないためと、店のなかからでも客間を窺《うかが》われないようにするためであった。

　分銅屋仁左衛門は田沼主殿頭の用人をもっとも奥の客間へと案内させた。

「田沼さまとは、あまり連絡を取り合わぬようにしようとお話ができていたはずだが

「……」

首をかしげながら、分銅屋仁左衛門が身形《みなり》を確かめた。

「話を聞かずばわかりませんか。諫山さま」

立ちあがった分銅屋仁左衛門が、隣室へ呼びかけた。

「なんでござる」

すぐに左馬介が現れた。

「田沼さまの御用人と名乗られる方がお見えでございまして」

「周囲の確認だな。承知した」

もう長く一緒にいるだけに、分銅屋仁左衛門が求めていることを左馬介は聞かずして理解していた。

「では、お願いしますよ」

分銅屋仁左衛門が奥の客間へと足を進めた。

奥の客間は十畳に床の間が付いている。田沼主殿頭の用人は、床の間を背にした上座で分銅屋仁左衛門を待っていた。

「お待たせを申しました。当家の主、分銅屋仁左衛門でございまする」

下座に腰を下ろした分銅屋仁左衛門が手を突いた。

「突然の来訪をお詫びする。田沼家用人の佐伯庸ノ進《さえきようのしん》と申す」

主君と親しいとあれば、商人といえども丁重に扱わなければならない。佐伯が同格の者に話すような口調で応えた。

「いえ、どうぞお気になさらず」

分銅屋仁左衛門が顔をあげた。

「今日は主の命で参った」

「主殿頭さまの……どのような」

佐伯の言葉に分銅屋仁左衛門が緊張した。

「じつは……」

献残《けんざん》のことを佐伯が語った。

「なるほど。わかりましてございまする。お預かりしたものを金子《きんす》に換えればよろしいのでございますな」

分銅屋仁左衛門が理解した。

「ただ金に換えるでは困るのだ。いただきものゆえな」

「贈り主に見つかってはまずいと」

言いにくそうな佐伯に、分銅屋仁左衛門が悟った。

「お願いできるか」

「ものを拝見しておりませぬゆえかならずとは申しあげられませぬが、できるだけのことはいたしまする」

身を乗り出した佐伯に、分銅屋仁左衛門がうなずいた。

「では、どのようなものか、一度見させていただきたく」

「明日にでも一部を持参いたす」

分銅屋仁左衛門の求めに、佐伯が首肯した。

裏木戸からそっと出た左馬介は、辻《つじ》の角に身を潜めながら不審な者がいないかどうかを探っていた。

「……大丈夫そうだな」

加賀屋の手の者、南町奉行所同心佐藤猪之助とその配下、そして旗本田野里の家臣と、今まで何度も分銅屋は見張られてきた。そのすべてと左馬介はかかわってきた。おかげで分銅屋に興味を持っている者がどのような動きをするかを見抜けるようになっていた。

「一応、客が帰るまで待つとしよう」

気を緩めたことが怪我に繋がったと学んだ左馬介は油断をしていなかった。

「……では、明日」

「お待ちをいたしておりまする」

店先に佐伯と分銅屋仁左衛門が出てきた。

「…………」

黙って左馬介は集中した。

「……いない」

佐伯の姿が見えなくなるまで、息を殺して辺りを注視した左馬介が肩の力を抜いた。

念のためと左馬介は、路地から出て、店の周りを一周した。

「なんだ」

その様子をずっと佐藤猪之助が見ていた。

さすがに定町廻り同心まで登りつめるだけあって、佐藤猪之助の見張り方は手練《てれん》の技であった。

佐藤猪之助は、ぎりぎり分銅屋の暖簾《のれん》が見えるかどうかというほど、離れたところにいた。

「あの武家が来てすぐに諫山が店の周りを窺いだした。そして客が帰るなり、周囲を確認して戻っていった」

違和感をしっかりと佐藤猪之助は感じていた。

「……くそっ。もう見えねえ」

佐藤猪之助が佐伯の背中を探したが、とっくに人混みに紛れてしまっていた。

「まあいい。あの侍の顔は覚えた」

すっと佐藤猪之助が意識を切り替えた。

二

久しぶりの用心棒に、左馬介は疲れていた。

「では、一度長屋に帰らせていただく」

宿直番《とのいばん》を終えた左馬介が分銅屋仁左衛門へと告げた。

「結構でございます。昼過ぎには食事を持たせて喜代をやりますので」

「いや、もう結構でござる」

分銅屋仁左衛門の厚意を左馬介は辞退した。

「腕も動きまする。食事ならば、夕方に戻って参ったときにちょうだいいたす」

左馬介は一人しかいない上《かみ》の女中である喜代を派遣してもらうことに気兼ねをして

いた。

「おや、喜代はお好みではございませんか」

わざと分銅屋仁左衛門が話をずらした。

「な、なにを言われる。喜代ほどの美形はそうそうおられぬ」

あっさりと左馬介が分銅屋仁左衛門のからかいにはまった。

「なるほど。喜代はお気に入りだと」

「だ、だから、そういったものではござらぬ。一人暮らしの男のもとへ若い女《おなご》が通うのはいささか問題があろう」

道で出会った顔見知りの男女が少し立ち話をしただけで、翌日には二人ができているという噂が出るほど、江戸は物見高い。

左馬介は喜代の名前に傷が付くことを懸念していると表した。

「お隣の加壽美さまはよろしいので」

「あれは隣の誼《よしみ》であって……」

続けざまに言われて左馬介がおたついた。

「いやいや、諫山さまも隅に置けませんな」

分銅屋仁左衛門が十分楽しんだと笑った。

「勘弁してくれ」

それでからかわれたと気づいた左馬介が脱力した。

「諫山さまは、ご新造《しんぞ》さまを娶《めと》られませぬので」

目見え以上の武家の妻を奥方、目見え以下の武家と商家の妻は新造、その日暮らしの嫁は嬶《かかあ》と呼んだ。日雇いには違いないが、浪人の左馬介だと新造としてもおかしくはなかった。

「男ゆえ女を欲しいとも思うし、諫山の名を残したいとも思うが……喰えぬではかわいそうであろう」

真剣な表情で問うた分銅屋仁左衛門に左馬介がまじめに答えた。

「一人口は喰えずとも、二人口ならなんとかなるとも言いますよ」

独身の男というのは、外食をし、夜遊びもする。それに日雇いというのは、稼いだだけ使ってしまっても、明日また働けばどうにかなると考えている者が多い。

その無駄遣いが、妻を迎えることでなくなるため、二人でもなんとかなるという言い回しが一人口は喰えずとも云々《うんぬん》である。

そのことを分銅屋仁左衛門が言った。

「今は分銅屋どののおかげで、こぎれいな長屋に住まわせてもらい、結構な金ももらえている。妻を娶るどころか、子が二人くらいできても問題ない」

厚遇に感謝していると左馬介が軽く頭をさげた。

「ならば……」

「だが、いつまでも続くわけではない」

言いかけた分銅屋仁左衛門に左馬介が言葉をかぶせてきた。

「ずっとお願いするつもりでおりますが」

「そのお言葉はかたじけない」

左馬介が深く腰を折った。

「用心棒は一生できるものではござらぬ。いずれ、歳《とし》を取り、思うように身体が動かなくなる日がくる。もちろん、気概は老けませぬ。いくつになろうとも、働けると自負してもおりますが……現実は厳しい」

「…………」

しみじみと言う左馬介に、分銅屋仁左衛門が黙った。

「実際、二十歳になったころは、十日どころか二十日以上人足仕事をしても、まったく疲れなど知りませなんだ。それが二十五歳で寝起きが辛くなり、三十歳で疲れが一日休んだくらいでは抜けなくなりもうした」

左馬介が続けた。

「先日、いつもならば鉄扇《てっせん》で払い落とせていたはずの匕首《あいくち》を喰らってしまった。これも身体のきれが悪くなった証拠でござる」

「むう」

「ああ、分銅屋どのの責任ではござらぬ。もちろん、拙者の責任でもない。これが、摂理なのでござる」

うなった分銅屋仁左衛門を左馬介がなだめた。

「おそらく、用心棒としてやっていけるのは、あと十年」

「十年……」

「ただし、他の店ではでござる。田沼さまの策に刃向かおうとする者から狙われているこちらでは、五年保《も》てばよろしかろう」

「保つとは……まさか」

左馬介の話に分銅屋仁左衛門が顔色を変えた。

「さよう。攻めて来る者に対抗できなくなるか、大きな怪我をして動けなくなるか、あるいは、殺されるか……」

「ごくっ……」

分銅屋仁左衛門が音を立てて唾を呑んだ。

「今更逃げられませぬ。田沼さまもその敵も見逃してはくれますまい」

吉宗の遺命を果たそうとしている田沼主殿頭に理はあるが、そこに利害が絡んで今の状況になっている。すでに左馬介はその戦いのなかに身を置き、やむを得なかったとはいえ敵対した者を倒している。いわば、どっぷりと浸《つ》かっているのだ。ここで背を向けたとして、裏事情を知っている左馬介を見逃してくれるほど田沼主殿頭もその敵も甘くはない。

「いやいや、諫山さまなら、江戸を出れば、いかに田沼さまでも……」

「分銅屋どのを見捨ててか」

一人で遠くへ行けば、そこまで手は伸びないだろうと口にした分銅屋仁左衛門を左馬介が見つめた。

「諫山さま……」

「分銅屋どのが、この店を捨てて一緒に逃げるというならば別だが、無理でござろう」

驚いた分銅屋仁左衛門に左馬介が付け加えた。

「七代続いた店を捨てられませぬ」

分銅屋仁左衛門がうなずいた。

「ならば、拙者も逃げられませぬな」

「そこまでの恩は感じていただかなくとも」

宣した左馬介に、分銅屋仁左衛門が首を横に振った。

「浪人に明日をくれたのだ、分銅屋どのは。いつか鉄扇術の道場を持ちたいと夢を語ったことがござった」

「伺いましたな」

分銅屋仁左衛門が首肯した。

「それを叶《かな》えてくれると、分銅屋どのは言ってくれた」

「田沼さまの考えが成功したらという条件がございますよ」

左馬介に分銅屋仁左衛門が述べた。

「ああ。だが、今まで拙者が見てきたのは、寝床で見る夢だった。それを分銅屋どのは、未来の目標に変えてくれた。明日のない浪人にこれがどれだけうれしいことか、おわかりになるまい」

「わかりませんな。わたしには店がある。店を守り、大きくし、奉公人の生活を保障しなければならない。夢を見ている暇などございませんから」

分銅屋仁左衛門が同意はできないと応じた。

「夢を見るしかなかった者と、夢を見られない者。一つ裏返せば同じでござろう」

「かも知れませんな」

左馬介の言いぶんを分銅屋仁左衛門が認めた。

「まあ、分銅屋どのは、お気になさらずともよろしい。分銅屋どのは、拙者に払う金の心配をしてくだされればいい」

「……ご安心を。諫山さま一人ならば、七代先までお雇いしても、この分銅屋揺るぎもいたしませぬ」

笑った左馬介に分銅屋仁左衛門が鼻を鳴らした。

「では、後ほど」

左馬介が長屋へと帰っていった。

「見捨てられない……でございますか」

一人になった分銅屋仁左衛門が呟いた。

「まったく、浪人とは思えないお人好《ひとよ》しでございますね。よく、今まで騙《だま》されずに生きてこられました」

分銅屋仁左衛門がため息を吐いた。

「困りましたねえ」

小さく分銅屋仁左衛門が首を左右に振った。

「わたしのなかに、こんな情がまだ残っていたとは思ってもいませんでしたよ。たかが、浪人一人にほだされるなんて」

分銅屋仁左衛門が自嘲した。

「五年で終わると言いましたね、諫山さまは。つまり、五年なら保つということ。ならば、五年で田沼さまの望まれる金の世にすればいい」

すっと分銅屋仁左衛門が表情を消した。

「見せてあげましょう。商人の本気を」

分銅屋仁左衛門が決意を口にした。


老中首座堀田相模守正亮《まさすけ》はまだ四十歳となったばかりながら、老中として六年の経験を持っていた。また、仙台伊達《だて》藩と宇和島《うわじま》伊達藩の訴訟事を無事に和解させるなど功績も多く、その手腕への評判も高い。

「なにとぞ、父祖伝来の地へ戻りたく、相模守さまのお力をお貸し願いたく」

「次なる長崎奉行には、是非わたくしをご推挙くださいますよう」

力添えを願ってくる者は枚挙に暇《いとま》がない。

「考えておこう」

頭ごなしに拒むことを権力者はしない。どちらとも取れる返答をもって、言質《げんち》をとられないようにする。

「これはご挨拶代わりのものでございまする」

「些少《さしょう》ではございますが……」

依頼を持って来る者は手ぶらではこない。ただ田沼主殿頭と違うのは、献残屋を呼ばなくてもすむように金子がほとんどであった。

これは、老中の屋敷に献残屋が出入りしていると噂になるのは、あまり好ましいものではないからだ。とくに老中首座ともなると、その力はまさに幕府そのものといえる。その老中首座が金欲しさにいただきものを払い下げているとなるのは、堀田相模守の名前を落とす。

武家は金を忌避《きひ》する。金より名を大事にしてこそ、武士だと考えているからだ。その武士のなかの武士、老中首座が金に固執するわけにはいかない。

さらに金がないというのは、領地の政《まつりごと》がうまくいっていないからだと取られてしまいやすい。

「領地もまともに治められぬ者が、天下の政をするなど、おこがましいにもほどがある」

こう言い出す輩《やから》はかならず出た。

「瀬川《せがわ》、いかがであったか」

下城してきた堀田相模守が用人の瀬川に問うた。

「分銅屋でございますな」

間髪を入れず、瀬川が答えた。

言葉足らずであろうとも主君の意図を的確に読み取るのが、用人として必須の技能であった。

「うむ」

満足そうにうなずいた堀田相模守へ、瀬川が説明を始めた。

「浅草の両替商分銅屋は、七代前の初代仁左衛門が寛永《かんえい》年間に創業したとされております る」

「寛永年間ということは、三代将軍家光《いえみつ》さまの御世《みよ》だな」

「さようでございまする。その後、明暦《めいれき》の火事で持っていた財を豪商の再建に貸し付け、莫大《ばくだい》な儲けを得、大名貸しにも手を伸ばし、江戸でも有数の両替商へと成長いたしました」

「ほう、見事なものだな。大名でも七代無事に続く家などそうないというに」

堀田相模守が感心した。

「それがそうでもなかったようで。先代が遊び好きで財を失い、親戚筋が集まって放《ほう》逐《ちく》、今の仁左衛門が幼かったことで一部の奉公人や親戚が店を食いものにしたとか」

「ふむ。それで」

先を堀田相模守が促した。

「当代の仁左衛門が大鉈《おおなた》を振るい、奉公人を追放、親戚と縁を切るなどして、店を再興したそうでございまする」

「遣り手だということよな」

「はい」

確認した堀田相模守に瀬川が首肯した。

「財はどうだ」

「父の放蕩《ほうとう》と奉公人の横領などで一時はかなり減らしたようでございますが、それも取り戻しているようでございする。今年も隣家の敷地を買い取り、蔵を三つ建て増したとのこと」

訊いた堀田相模守に、瀬川が告げた。

「どれくらい持っていると思われる」

「おおよそ、十万両」

具体的な金額を尋ねた主君に瀬川が述べた。

「それはまた、貯《た》めこんでおるな」

堀田相模守が驚いた。

「欲しいな」

「…………」

主の独り言を瀬川は聞いていない振りをした。

老中というのは、金がかかる。五万石ていどの譜代大名から選ばれることが多い老中は、その権力に比して経済基盤が弱い。さらに老中になったからといって、足高《たしだか》もなく、扶持米《ふちまい》ももらえないのだ。

堀田家は十万石と、老中としては大封《たいほう》であったが、その前に四度の転封《てんぽう》と一度の減封を喰らっている。しかも下総古河《しもうさこが》から陸奥《むつ》福島、羽州《うしゅう》山形、また福島、ふたたび山形とものなりの悪い領地ばかりを移動させられている。

あからさまなまでの冷遇と言っていい。

この原因は堀田家を十三万石の大大名にまでのし上げた大老堀田筑前守正俊《ちくぜんのかみまさとし》にあった。

五代将軍綱吉《つなよし》誕生に大功のあった堀田筑前守正俊は大老に補され、幕政を壟断《ろうだん》した。その堀田筑前守が殿中で刺され、死亡してしまった。

堀田筑前守に押さえつけられていた者が待ってましたとばかりにその力を削《そ》ぎにかかり、家督相続こそ認められたが、三万石を削減のうえ古河から福島へと左遷された。

もとは家光の寵童《ちょうどう》であった堀田加賀守正盛《まさもり》に祖を発する堀田家は、なぜか家光の血を引く五代将軍綱吉、六代将軍家宣《いえのぶ》、七代将軍家継《いえつぐ》から冷遇を受けてきた。

だが、家光の血筋が絶えた。七代将軍家継が子を残す前に死んだのだ。その後に来たのが、御三家紀州家の当主であった八代将軍吉宗であった。

吉宗は堀田相模守の器量を見抜き、奏者番、寺社奉行、大坂城代、そして老中と抜擢し、領土も稔《みの》りの悪い北から裕福な佐倉《さくら》へと移した。

おかげで堀田家の収入は増加したが、冷遇されていたときの借財までは手が回らなかった。いや、多少領地の収支が良くなったくらいでは、どうにもならないところまできていた。

「金は入るが、これは通り過ぎていくだけじゃ」

挨拶として持ちこまれた金は、数十両から数百両、千両にいたる。一カ月でかなりの金額になるが、そのすべてを堀田相模守は懐に入れられなかった。

「長崎奉行に」

推薦してくれと願って来た者から金だけ受け取ってなにもしなければ、どうなるか。

「大金を包んだが、堀田相模守さまはなにもしてくださらなかった」

「堀田相模守さまには、長崎奉行を決めるだけの力もない」

恨み言が噂となって拡がっていく。

力のない老中という評判は、堀田相模守の経歴に傷を付け、就任期間を短くする。

「役立たずを老中にしてはおけぬ」

家重が一言そういえば、堀田相模守は罷免《ひめん》される。罷免されるだけですめばいいが、

「就任中にふさわしからずおこないこれあり」

「上様の御気色に適《かな》わず」

などと理由らしい理由もなく咎めを受け、せっかく得た佐倉の地を奪われ、また奥《おう》州《しゅう》や羽州を転々とする日々に戻されるかも知れない。

かといって長崎奉行は、一度務めれば三代喰えるといわれ、人気の役職であり、狙っている者は多い。いかに老中首座でも、御三家の推薦や他の老中とかかわりのある

者を押しのけてとはいかない。

「今回長崎奉行は無理であったが、佐渡《さど》奉行には推薦しておいた。佐渡で何年か遠国奉行としての経験を積み、功績を挙げよ。さすれば、その次は朗報を聞かせられるかも知れぬ」

落胆はしても怒らないていどのことはしなければならない。そして、旗本を一人役目に押しこむには、いかに老中といえども根回しがいる。

出世を約束するといった根回しは、後で己の首を絞めることにもなりかねない。こういったときの根回しは、後腐れのない金がなによりなのだ。

結果、堀田相模守はもらった金のほとんどを根回しに使用せざるを得なかった。

「力なしという評判を避けるためとはいえ、痛いことだ」

「はい」

嘆く堀田相模守に瀬川も同意した。

用人は、江戸屋敷の雑務を統轄する。人事、勘定、外交などの実務はそれぞれの担当役人がするとはいえ、その結果は用人に集められ、そこから藩主へとあげられる。

用人ほど藩の現況を知っている者はいなかった。

「余が老中でおる間に借財を半分にしたい」

「そうお願いできれば、助かりまする」

藩主の言葉に用人が頭を垂れた。

「佐倉はまだまだ開拓できる地を持つな」

「あと一万石はどうにかなるだろうと、国元の者が申しておりました」

「一万石は大きいな。一度開拓すれば、毎年五千両近い増収になる。されど、開拓には金がかかる。そして、借財まみれの当家に金を貸す者はおらぬ」

「遺憾ながら……」

瀬川が同意した。

「なんとかせい」

「……できるかぎりのことはいたしまするが……」

はっきりと命じない堀田相模守へ瀬川が曖昧な返答をした。

「やれ。やらねば、堀田家は人減らしをせねばならなくなるぞ」

「それは……」

脅しに瀬川が詰まった。

藩財政の破綻《はたん》を来《きた》した堀田家は、すでに藩士の禄を借り上げるという暴挙に出ている。借り上げとはいっているが、最初から返す気はない。それでも藩士たちが我慢しているのは、藩へ文句を付けて放逐されては困るからだ。

一度武士でなくなれば、二度と戻れなくなる。ときどき藩から無心を受けても、毎年もらえる禄があれば生きていける。しかし、浪人になれば収入も身分も失う。

だが、藩士の放逐が始まったとあれば、話は変わる。我慢していれば浪人にされてしまうのだ。それならばと藩主へ逆らう者も出てくる。なかには幕府へ非道を訴える者が現れても不思議ではない。そうなれば、堀田家は終わりであった。

「藩を潰すか、分銅屋から吸いあげるかしか、当家に道はない」

重い口調で堀田相模守が瀬川に告げた。

「はっ」

そこまで言われてうなずかないわけにはいかなかった。

瀬川が手を突いて、堀田相模守の指示を受けた。

三

翌朝、左馬介が顔を出す前に、田沼主殿頭の用人佐伯庸ノ進が家士《かし》と荷物持ちの中《ちゅう》間《げん》を引き連れ、分銅屋仁左衛門を訪ねた。

「おはようございまする」

相手は武家である。朝早く来ようが、夜遅くに訪れようが、商人は断れない。先日の客間へ佐伯を通し、分銅屋仁左衛門が迎えた。

「早くにすまぬ。この後所用があるのでな」

一応の詫びを佐伯がした。

「早速ではあるが、これらである。おい」

佐伯が中間に持ちこませた挟み箱を家士に命じて開けさせた。

「はっ」

身分の関係上、主と同じ客間へ入れない中間に代わって家士が挟み箱からいろいろなものを取り出した。

「……ほう、これは、これは」

次々と出てくる値打ちものに、分銅屋仁左衛門が歓声を上げた。

「……これで最後でございまする」

「うむ」

家士の報告は主になされる。すべて出し終えたと報された佐伯が重々しくうなずいた。

「さがっておれ」

「はっ」

佐伯が用を終えた家士を遠ざけた。

「近くで拝見させていただいても」

家士が出ていくのを待って、分銅屋仁左衛門が求めた。

「もちろんでござる」

家士がいなくなったことで佐伯の口調が柔らかくなった。

「御免を」

懐から手拭いを出した分銅屋仁左衛門が、ずらりと並べられた賄賂の品に近づいた。

「これは、珊瑚《さんご》玉でございますな」

「土州《どしゅう》山内家からの贈りものでござる」

赤い玉を手にした分銅屋仁左衛門に、佐伯が来歴を告げた。

「なるほど。土佐は珊瑚の名産地でございましたな。これだけ立派なものは、土佐か琉球《りゅうきゅう》でなければ手に入りませぬ」

分銅屋仁左衛門が感心した。

「どのくらいの値になろうか」

武家は金を嫌うとはいえ、なければやっていけない。そして金は多ければ多いほどいい。佐伯が興味を示すのも当然であった。

「さようでございますなあ……」

分銅屋仁左衛門が首をひねった。

両替商だけで、金は貯まらない。両替商はどことも集まって来た金を貸し付けて、その利で大いに稼いでいる。

もちろん、ただ金を貸すだけでは、取りはぐれも出てくる。そこで借財の形《かた》として、宝物などを預かる。となれば、これがどのくらいの値打ちがあるものかをわかっていなければならない。

さすがに専門の質屋には及ばないが、分銅屋仁左衛門も目利きはできた。

「……この大きさで傷はなし、艶も色も申し分ない。むうう、捨て値に売って二百両、うまく欲しがる豪商を見つけられれば、それ以上もありましょう」

「それはすごい」

値踏みを聞いた佐伯が驚いた。

「では、その茶碗《ちゃわん》はどうでござる」

佐伯が桐箱《きりばこ》に入った茶道具を指さした。

「………」

箱を開けて、なかをあらためた分銅屋仁左衛門が難しい顔をした。

「これはよろしくございませぬ」

「どこがいかぬと」

佐伯が問うた。

「箱と中身が違いまする。箱に描かれているのは、志野《しの》焼き。しかし、これは楽《らく》焼きに見えまする」

「なっ……」

ふたたび佐伯が驚愕《きょうがく》した。

「箱をまちがえたのか、だまされて買ったのか……」

「いくらなら」

「箱が五両、茶碗は二両もしませぬ」

金額を尋ねた佐伯に分銅屋仁左衛門が首を左右に振って見せた。

「両方揃《そろ》っていれば……」

「この箱書きのものが入っていたとしたら、まず百両でございましょう」

分銅屋仁左衛門が述べた。

「それくらいならばふさわしいが……」

本物ならば賄賂として妥当だが、偽物であれば問題にしかならない。

「知らずに持参したか、知っていたかで話は変わりますな」

興味をなくした分銅屋仁左衛門が茶碗を箱へ戻した。

「分銅屋どのならば、どうなさる」

「……手違いがござったようなので、一度お返しするといったところでしょうなあ」

対応を訊かれた分銅屋仁左衛門が答えた。

「しかし、よく見抜かれた」

佐伯が感心した。

「こういった手合いは、かなりおりますので。外見と中身の違うものを差し出して、有名な茶道具で、売れば千両にはなる。これで百両金を貸してくれと」

「開ければすぐに偽物と知れるだろう」

佐伯が首をかしげた。

「条件が付くのですよ。中身は門外不出の家宝ゆえ、開けてくれるな。もし、傷でもついたら、莫大な損害を弁済してもらうと脅すわけでございまする」

分銅屋仁左衛門が苦笑した。

「そんなときはどうなさるのだ」

「お帰りいただきます。中身を見ずに金を貸すことはできませんと」

「なるほど」

佐伯が納得した。

「いかがいたしましょうか、これは」

箱にしまった茶碗を分銅屋仁左衛門が指さした。

「持ち帰ろう。主に報告せねばならぬ」

「わかりましてございまする」

佐伯の返事に分銅屋仁左衛門が箱を差し出した。

「残りはお預かりでよろしゅうございますか。これだけございますと値踏みをするにも日にちがかかりまする」

「頼む」

分銅屋仁左衛門の要求を佐伯が認めた。

佐藤猪之助は佐伯の顔をしっかりと見ていた。

「昨日の今日だぞ。それも大勢連れてだ。こいつは見逃せないな」

もと定町廻り同心としての勘が、佐藤猪之助を奮い立たせた。

「出てきた。さて、どこのどなたさまだかの」

佐藤猪之助が佐伯たちの後を付けた。

「……ここは」

佐伯たちが入っていった屋敷に、佐藤猪之助は首をかしげた。

大名や旗本は表札を出さない。見ただけではどこの屋敷かわからなかった。

「訊くか」

佐藤猪之助は、近くを通りかかった中間に問うた。

「すまぬが、あのお屋敷はどなたさまのものでござるや」

「ああ、あの人が並んでいるお屋敷でござんすね。あれはお側御用取次の田沼主殿頭さまの上屋敷でござんすよ」

中間が教えた。

「主殿頭さまの。なるほど、あのお並びの方々は、目通りを願っての」

佐藤猪之助が理解した。

「助かりもうした」

今は浪人である。佐藤猪之助は小者《こもの》でしかない中間にも頭をさげた。

「……飛ぶ鳥を落とす勢いのお側御用取次さまと両替屋か。繋がっていても不思議ではないが……分銅屋を調べた限り、田沼さま出入りではなかったはず」

定町廻り同心は不浄職であり、将軍側に仕える小姓やお側御用取次には近づくことも許されていない。

佐藤猪之助は田沼主殿頭の顔を知らなかった。

「だが、田沼家の家臣が荷物を持って、分銅屋を訪れ、空の挟み箱で帰る」

町奉行所の同心だっただけに、中間の足取りで背負っている荷が空かどうかくらいは見抜ける。

「金を運んだか。分銅屋は両替商というより、金貸しだ。帰りの荷が空ということは、金を借りたのではなく、余っている金を運用させるため預けたと考えるべきだな。金の繋がりは強いようで弱い」

佐藤猪之助がそう読んだ。

「これだけではわからぬ」

田沼主殿頭の屋敷を佐藤猪之助は後にした。

目付の芳賀と坂田と決別した徒目付《かち》の安本虎太《やすもととらた》と佐治五郎《さじごろう》の二人は、八丁堀へ来ていた。

「我らの名前を知っている佐藤猪之助をこのままにはしておけぬ」

芳賀と坂田の指示を受けて、分銅屋仁左衛門を調べていた安本虎太と佐治五郎の二人は、やはり分銅屋仁左衛門を探っていた佐藤猪之助と手を組んだ。

しかし、芳賀と坂田の独断を他の目付たちが問題とし始めた。

そもそも目付は、監察という任からあまり手を組んで仕事をしない。その目付が二人だけで動き回り、将軍への目通りまで願う。他の目付が、これら異例ずくめの芳賀と坂田の行動に懸念を持った。

目付は目付も監察する。

芳賀と坂田を放置できないと考えた目付たちは、その指図で動いているはずの徒目付の特定をしようとした。

本来目付は商人に手出しができない。目付はあくまでも大名、旗本の非違《ひい》をあきらかにするだけで、その過程で商人を調べることはあってもそれは主ではなく従でしかない。

しかし、芳賀と坂田は違った。分銅屋仁左衛門から田沼主殿頭へ至ろうとした。いわば逆手、禁じ手を使ったのだ。

これが明らかになれば、走狗《そうく》であった安本虎太と佐治五郎にも累は及ぶ。いや、安本虎太と佐治五郎を生け贄《いにえ》にして、芳賀と坂田は助かろうとする。そうなってはたまったものではない。

安本虎太と佐治五郎は、芳賀と坂田になにも成果がなかったと思わせることで、役立たずとして任を解かれるように仕向けた。

策は成功した。安本虎太と佐治五郎は芳賀と坂田から離れられたが、他の目付の手は緩むことなく芳賀と安本へと近づいている。

「名前と屋敷を知られている」

共闘した佐藤猪之助との連絡が仇《あだ》となった。

「目付方の意を受けた徒目付が佐藤猪之助に気づけば……我らの名前が出る」

「そうなれば、我らは目付方の厳しい詮議を受け、芳賀さまと坂田さまを追いおとすための道具とされる」

二人が顔を見合わせた。

徒目付が目付の足を引っ張ったとなるのはまずかった。まずお役ご免、悪くすれば改易もある。

「家を守らねばならぬ」

安本虎太が言った。

武士は家を受け継いでいくのが役目である。親から子へ、子から孫へと家名を続けていく。これは、最初に家を興した先祖の功を無にしないためであり、子々孫々まで禄という食い扶持をもらうためであった。

「佐藤猪之助を片付けるべきだ」

結果、二人の徒目付は、己たちのことを知る佐藤猪之助を始末するという決断をし、八丁堀まで来ていた。

「あそこが、佐藤猪之助の組屋敷のはずだ」

己たちの屋敷を教えた代償に、安本虎太たちも佐藤猪之助の組屋敷の場所を聞いていた。

「ごめん、こちらは佐藤どののお屋敷か」

安本虎太が訪《おと》ないを入れた。

「はい。佐藤は当家でございまするが、あなたさまがたは」

出てきた妻らしい女が訊いた。

「佐藤猪之助どのの知り合いなのだが、ご在宅か」

名乗らず、安本虎太が問うた。

「猪之助……などという者は、当家にはおりませぬ」

途端に妻女の態度が変わった。

「えっ。ここだと本人から……」

「おりませぬ。当家と猪之助はかかわりはございませぬ。どうぞ、お帰りを」

唖然とした安本虎太に、妻女が取り付く島もない態度で応じた。

「どういうことか、教えていただきたく……」

「お名前を伺いまする。お名乗りもされぬお方に、お話しすることなどございませぬ」

しつこい安本虎太に妻女が険しい顔をした。

「……お邪魔をいたした」

これ以上は無理と悟った安本虎太が退いた。

「どういうことだ」

門の外で聞き耳を立てていた佐治五郎が眉間にしわを寄せた。

「なにやら、佐藤の身に何かあったと見ゆる」

安本虎太も表情を厳しくした。

「事情を確認すべきだ」

「ああ」

二人の意見が一致した。

「問題は誰に訊くか」

「そうよな。八丁堀の役人は仲間意識が強い。迂闊《うかつ》なまねをして、いぶかしがられては面倒になる」

己たちのことを知っている佐藤猪之助を片付けようとしているのに、さらなる目撃者を増やしては意味がない。

「湯屋へ行こう」

「八丁堀の七不思議か」

佐治五郎の提案に安本虎太が気づいた。

八丁堀の七不思議とは、巷間《こうかん》で言われている町奉行所役人たちの奇妙な習慣のことである。

奥さまあって殿さまなし、医者と儒者と犬の糞《くそ》、金で首が繋げる、地獄のなかの極楽橋、貧乏小路の提灯《ちょうちん》掛け横町、寺あって墓なしなど、言いようで多少の変化が出るが、そのすべてに共通するのが、女湯の刀掛けであった。

女は刀を帯びないため、女湯に刀掛けがあるはずはなかった。しかし、八丁堀とその周辺の湯屋には、かならず女湯にも刀掛けがあった。

粋を売りとする町奉行所の与力、同心は、身体の汚れを気にして、一日二度、朝晩入浴した。しかし、仕事に出かける前に湯屋へ行く、仕事帰りに汗を流すのは、なにも町奉行所の与力、同心ばかりではなく、職人や人足なども風呂へ入る。となれば男湯が混むのは当然のことであり、それこそ肩が触れあうこともある。

「そんな風呂に入っていられるか」

火を使うことで火事を出しやすい湯屋の許可にも力を持っている町奉行所役人がそんな状況に我慢するはずなく、昼間に一度湯屋に行くだけで朝晩はほとんど人がいない女湯を使わせろと無理強いをした結果、女湯に刀掛けが置かれるようになった。

女のほうもそれをよく知っているため、まず混浴になることはなく、町奉行所の与力、同心たちは、のんびりと空いている湯屋を楽しめた。

「町奉行所の連中が出入りする湯屋ならば、噂くらいは聞いているはずだ」

「うむ」

佐治五郎の説明に、安本虎太がうなずいた。

湯屋は大きな暖簾を出している。すぐに二人は湯屋を見つけた。

「いらっしゃいやし」

番台に座っている親爺《おやじ》が、入ってきた安本虎太と佐治五郎に愛想を振った。

「すまぬな。親爺。客ではない」

「へっ……」

いきなりの言葉に、番台の親爺が唖然とした。

「これを」

安本虎太が波銭を五枚出した。

湯屋の代金は六文から八文の場合が多い。四文として扱われる波銭五枚あれば、二人分の代金にはなった。

「なんでござんしょう」

番台の親爺が警戒した。

「名前は勘弁してくれ。我ら二人は、南町奉行所同心佐藤猪之助どのの知友だ」

「佐藤さまの……」

安本虎太の自己紹介に、番台の親爺が息を呑んだ。

「先ほど、佐藤どののお屋敷を訪ねたら、そのような者はおらぬとけんもほろろの扱いを受けた。佐藤どのは家族からそのようにされる御仁ではなかったと覚えている。なにがあったか知りたくてな、話を聞かせてもらおうと邪魔をした」

上からではなく、ていねいな対応で安本虎太が話した。

「佐藤さまのお知り合い……」

「ああ。浅草で出会ってな、吾が屋敷にも来てくれたことがある」

まだ疑っている番台の親爺に、安本虎太が述べた。

嘘を言っているわけではなかった。たしかに知り合ったのは分銅屋の近くであったし、佐藤猪之助が安本虎太たちに連絡を取りたいと屋敷まできたのは確かであった。

「じつに仕事熱心な御仁であった。それがこのようなことになるとは、信じられぬのだ」

もう一押し安本虎太がした。

「……たしかにそうでござんしたねえ。佐藤の旦那は定町廻りになるため、生まれてきたようなお方でございました」

ようやく番台の親爺が話を始めた。

「なにがあったのだ」

安本虎太がふたたび訊いた。

「詳しくは知りやせん。湯に入っておられる与力さま、同心さまのお話を耳にしたていどなので」

「少しでも知られれば、助かる」

全部わかっているわけではないと断った番台の親爺を安本虎太が促した。

「……どうやら、南町奉行の山田肥後守さまを怒らせたとかで、お役ご免になられたそうで」

辺りを一度気にした番台の親爺が語った。

「山田肥後守さまをか……。しかし、それならば屋敷におるはずだが」

聞いた安本虎太が首をかしげた。

「それが、お家を繋げるには家督相続が条件だったとかで、佐藤さまは隠居なさり、その直後から行方知れずになられたとか」

「行方知れず……それはまずいぞ」

番台の親爺が言ったことに安本虎太が目を剝いた。

「隠居したとはいえ、行方知れずは問題になる。下手《へた》をすれば、佐藤家に傷が付く」

町奉行所の同心だった者が行方知れずになったとあれば、その事情を調べに徒目付が出張《でば》って来かねない。そうなれば、佐藤猪之助の身辺が洗いざらい探られ、安本虎太と佐治五郎にまで行き着きかねなかった。

「それを気遣って、勘当されたとか」

「勘当か……」

番台の親爺が口にした内容に、安本虎太が安堵した。

「どこへ行かれたかは……」

「さすがにそこまでは」

安本虎太の質問に番台の親爺が首を横に振った。

「そうか。いや、助かった」

礼を言って安本虎太と佐治五郎は湯屋を出た。

「おい」

「わかっている。とりあえず、八丁堀を出よう」

佐治五郎の合図に、安本虎太が首肯した。

四

左馬介は起きた足で、湯屋に行った。

「おや、分銅屋の先生、ご無沙汰でござんしたね」

行きつけの湯屋の主が、左馬介に気づいた。

「少し怪我をしてな。身体を拭くしかできなかったのだ」

「そいつはたいへんでございましたな。今なら、空いてやすよ。ゆっくりしていっておくんなさい」

「そうさせてもらおう」

手をあげて左馬介は石榴口《ざくろぐち》を潜った。

井戸を掘ってもいい水の出ない江戸は、大坂のように大きな浴槽を持つ風呂ではなく、熱したお湯から出る蒸気を利用した蒸し風呂が多い。

分銅屋と節季払い契約をしている湯屋も蒸し風呂であった。

「……すごいな。手でこするだけで垢《あか》が玉のように出てくる」

しばらく浴室で胡座《あぐら》を掻《か》いて、蒸気を浴びていた左馬介が己の身体に触れて驚いた。

怪我をしている間は、医者から傷口が膿《う》むとして風呂を禁じられていた。

「お身体をお拭きしましょう」

いつも寝る前に喜代が、水に濡《ぬ》らした手拭いで背中をこすってくれてはいた。左手が届く範囲は己でやっていたが、そのていどでまともに汚れは落ちてなかった。

「髪もさぞかしだな」

浪人は金のかかる髪結床《かみゆいどこ》へ行くことはまずない。というか、左馬介にいたっては、元服したときに一度武士らしく月代《さかやき》を剃《そ》って髷《まげ》を結ったくらいで、後は伸びたら、適当に小柄《こづか》で切り取って短くするだけであった。

「一度では無理か……」

湯屋に備え付けの竹べらで身体をこすり、汗とともに浮いてきた垢をこそげ取る。その後預けてあるぬか袋で身体を洗う。

二度、三度と洗って、ようやく垢は出なくなった。

「臭っていたろう」

左馬介は今更のように恥じた。

仕方ないこととはいえ、若い女に介抱してもらったことが左馬介を気詰まりにしていた。

「上がろう。長湯しすぎた」

蒸し風呂だけに、腰湯、足湯というわけにはいかない。入っている限り、頭まで蒸されのぼせてくる。

左馬介はさっぱりした身体とは真逆に、重くなった気を引きずりながら分銅屋を目指した。

「はあ、どうやって顔を合わせばよいのやら」

喜代の派遣は終わらせた。だが、分銅屋へ行く限りは、顔を合わす。気がつかねば、そのままですんだものが、一度気づくとたまらなくなる。左馬介は、その状況に陥っていた。

「気の利いた贈りものでもすればいいだろう」

「贈りもの……村垣、いや加壽美どの」

いつのまにか、左馬介の隣に村垣伊勢がいた。

芸妓の姿をしていることから座敷へ出かけるところなのだろうと、左馬介はあわてて呼びかたを変えた。

「……ふっ」

言い換えた左馬介を村垣伊勢が鼻先で笑った。

「女はものに弱い」

「おい、おまえも女だろうが」

断言する村垣伊勢を、左馬介があきれた目で見た。

「お庭番に女も男もない」

「よくいう。女を利用しておるだろうが」

淡々と言った村垣伊勢に、左馬介が冷たく返した。

「ひっかかる男が浅はかなだけだ」

　村垣伊勢が告げた。

「……む」

　確かにその通りであった。男は美しい女に弱い。相手が女だというだけで、気を緩めてしまう。左馬介は反論できなかった。

「だが、女は弱い。脆《もろ》い」

　村垣伊勢が続けた。

「とくに気を許した男にはな、その男の子を産んでもいいと思ってしまう」

「子を産むことが脆いのか」

「違う。子を産むと思ってしまうことが脆いのだ。出産は女にとって当たり前であると同意に命がけである。つまり、その男の子を産むというのは、その男のためなら死んでもいいと思うのと同義」

　怪訝な顔をした左馬介に村垣伊勢が告げた。

「遊客が芸妓に着物を贈る。簪《かんざし》をくれる。これは餌でしかない」

「餌……」

「そう、その芸妓をどうにかするための餌だ。見ろ、この小袖」

驚く左馬介に、村垣伊勢が着ている小袖の袂《たもと》に触れた。

「これは白金《しろがね》の米問屋から贈られたもの。これ一つで二百両」

「げっ」

値段を聞いた左馬介が絶句した。

「では……」

「下司《げす》なことを考えるな」

胸と尻に目をやった左馬介を、村垣伊勢が冷たい目で見た。

「すまん」

「お庭番が金で身体を売るものか。これでも我らは将軍直臣《じきしん》である」

詫びた左馬介に、村垣伊勢が誇った。

八代将軍吉宗が紀州藩から本家を継ぐときに連れてきた腹心の末がお庭番であり、その矜持は並の旗本とは比較にならないほど高かった。

「まさか、その珊瑚の櫛《くし》も、錦糸の帯も……」

「もらいものだ」

「浮かばれぬなあ」

なんの感慨も見せずに言った村垣伊勢の姿に、金を水に流したも同然だと左馬介は豪商たちに同情した。

「心動かされておらぬのだろう」

「当然だ」

贈りものをくれた者たちになにかしらの想いはないのかと問うた左馬介に、もう一度村垣伊勢が肯定した。

「では、贈りものの意味はないだろう」

「他人《ひと》の話をちゃんと聞いていたのか」

村垣伊勢があきれた。

「思いのある男とない男では違うと申しただろうが」

「……………」

左馬介が黙った。

「わかっていながら、気づかぬ振りをするのは止めろ。見ていてうっとうしい」

村垣伊勢が左馬介を叱った。

「だが……」

「浪人だからだという理由は逃げだ。浪人でだめならば、両刀を捨てればいい。人足でも下働きでも、妻を持つ者はおる」

「………」

逃げ道を塞がれた左馬介が言葉を失った。

「来い」

左馬介の手を村垣伊勢が引いた。

「……どこへ」

「そこに小間物屋がある。櫛を買うくらいの甲斐性《かいしょう》はあるだろう」

「櫛くらいならばな」

分銅屋仁左衛門に雇われたおかげで、家賃、食費がほとんど要らなくなっている。また、毎日の用心棒稼業で遊女を買うだけの暇がないというのもあり、左馬介はかなりの金を持っていた。

「邪魔するよ」

柳橋の芸妓らしく、威勢良く暖簾をはねた村垣伊勢が小間物屋へと入った。

「これは、加壽美姐《ねえ》さん。ようこそのお出《い》でで」

顔なじみらしい小間物屋が、村垣伊勢に頭をさげた。

「今日は、あたいじゃないのさ。こちらの先生が贈りものに使う櫛を見たいんだとさ。ほら、諫山先生」

啞然としている左馬介を、村垣伊勢が前へ押し出した。

「あ、ああ、よしなに願う」

「いらっしゃいませ。当店にお見えいただきありがとう存じまする」

まだ慌てている左馬介を小間物屋が笑顔で応対した。

「どのような櫛をお探しでございますか」

「そ、そうだな。悪いが、櫛など見たこともないようなものでな。どれがどうだかわからぬ」

小間物屋に訊かれた左馬介が焦った。

「なるほど。では、おいくらくらいの品をお求めで」

予算に合わせようと小間物屋が言った。

「ちょっと待ってくれ」

左馬介が懐から金入れを取り出して、なかを確認した。

「二分、いや、一両までで頼みたい。足りるか」

金入れには二両と一分、小銭が少し入っていた。いつどうなるかわからない浪人暮らしの長い左馬介は、全額を出せなかった。

「十分でございますとも」

にこやかに笑った小間物屋が、店のあちこちから櫛を集めて来た。

「こちらが柘植《つげ》、この黒いのは牛の角《つの》、その赤いのは会津塗《あいづぬり》でございます。どれも一両と一分でございますが、加壽美姐さんのご紹介ということで一両でよろしゅうございます」

小間物屋が左馬介の前に三つの櫛を置いた。

「……どれも見事だが、まったくわからん」

女の櫛に興味を持つ余裕などなかった。ときどき岡場所で男としての欲望を満たしていたが、馴染《なじ》み客になるほど通うこともなくただ発散だけで終わっている。その遊女がどのような顔をしていてどんな髪飾りを付けていたかなど、まったく覚えてもいなかった。

「柘植は髪の油を吸いやすく、使えば使うほど艶を増しまする。牛の角は、櫛が柔らかく絡みにくくなっておりまする。会津塗はご覧の通り、美しく、髪を映えさせてくれまする」

小間物屋が説明した。

「どれもよいように思える」

左馬介には決断できなかった。

「その柘植の櫛がよいみたいだね。それなら、奉公中にしていても目立たないし、使っているうちに鬢《びん》付《つ》け油を吸って、いい感じになりそうですよ」

村垣伊勢が助言してくれた。

「そうか。そうだな。赤い櫛など女中が身につけていては叱られる」

奉公人にうるさい店だと、櫛どころか長襦袢《ながじゅばん》や腰巻きにまで口を出す。分銅屋仁左衛門は違うだろうが、目立つようなまねをする度胸は左馬介にはなかった。

「こちらでございますね」

小間物屋が柘植の櫛を指さした。

「あと、この会津塗ももらうよ」

「えっ……二つ」

村垣伊勢が会津塗の櫛を手にしたことに左馬介が驚いた。

「あたしもお世話したでしょう」

小間物屋の前というのもあり、村垣伊勢が加壽美を演じている。

「たしかに」

世話と言えるかどうかは微妙だが、いろいろと手伝ってもらった。左馬介は納得して、金入れから二両出した。

「これでよいな」

「はい。たしかに頂戴をいたしましてございまする」

金を受け取った小間物屋が深く腰を折った。

「では、この柘植の櫛は包ませていただきまする」

「こちらは……」

小間物屋が柘植の櫛を紙にくるみ始めたのを見た左馬介が会津塗の櫛を前に首をかしげた。

「お付けになられるようでございますよ」

笑いながら小間物屋が、村垣伊勢へと目をやった。

「……櫛が」

村垣伊勢が髷の中央に付けていた見事な螺鈿《らでん》の櫛を外し、懐へと仕舞っていた。

「早く」

村垣伊勢が、髷を近づけて左馬介へねだった。

「なにを……」

左馬介が戸惑った。

「お客さま、櫛を挿《さ》してくれとおっしゃっているのでございますよ」

「拙者に……か」

「そうでございますよ。女の髪に櫛を挿す。女の黒髪は命と申します。その命に櫛、苦と死を挿す。それは苦労を共にしようという意味だと言われているのでございますよ」

「苦と死か……」

左馬介は田沼意次の配下であるお庭番と何度も共闘している。

「……これでいいか」

会津塗の櫛を左馬介は村垣伊勢の髷に挿した。

「ありがとうございんす」

うれしそうに村垣伊勢が身をもんだ。

「いやあ、いいものを見せていただきました。あの柳橋の名妓《めいぎ》、加壽美さんが男に髪を触らせるとは」

小間物屋が感心した。

「…………」

一人、左馬介だけが困惑をしたままであった。

第三章　血統の力

一

徳川には格別の家が七つあった。

御三家と御三卿《きょう》、そして越前松平家である。

このうち、御三家と越前松平家は、徳川家康の子供を祖としている。御三家筆頭の尾張徳川家は、家康の九男義直《よしなお》を初代とし、次席の紀州徳川家は十男頼宣《よりのぶ》によって創られ、末席の水戸徳川家は十一男の頼房《よりふさ》から続いている。

同じ家康の子供、次男秀康《ひでやす》を始祖とする越前松平家が御三家ではなく、徳川の名乗りも許されていないのには事情がある。秀康は徳川家が豊臣家に臣従していたとき、人質として大坂城へ出され、そこで豊臣《とよとみ》の姓を与えられていたからであった。

さすがに滅ぼした旧主君の名字を持つ息子を、将軍を出す格別の家柄にはできず、制外の家として松平の姓に復するだけで止《とど》めた。結果、徳川家康の次男の血を引いていながら、越前松平家は一門ではなく、臣下とされた。

御三卿は八代将軍吉宗がその血筋を残すために創設したもので、大名として独立はしていない。将軍家お身内衆として、御三家よりも将軍継承位は高い。

ただ、身内であるため、独自の家臣はほとんどおらず、旗本、御家人が内政などを請け負っていた。まさに、格は高いが力はないのが御三卿であった。

目付の芳賀と坂田は、田沼主殿頭と対抗するにあたり、御三卿ではなく御三家を選んだ。

「御三卿は、上様に近すぎる。それは主殿頭《とのものかみ》の影響を受けやすいということ」

「うむ。かといって越前松平家では、いささか力不足である。なにより、いざというとき将軍になれぬようでは困る」

芳賀と坂田が顔を見合わせた。

「御三家のどこから参る」

「そうよなあ」

芳賀の質問に坂田が悩んだ。

「尾張徳川家は八代権中納言宗勝《ごんちゅうなごんむねかつ》さまだな。紀州徳川家は権大納言宗直《むねなお》さま、水戸徳川家は参議さま」

目付の仕事は、まず、大名と名だたる旗本を覚えることから始まる。坂田が、御三家の当主をそらんじて見せた。

「紀州は言うまでもない。最初は尾張だと思っていたが、良くないの」

芳賀が首を横に振った。

「だな。尾張は吉宗さまに逆らい続け、厳しい咎めを受けた先代宗春《むねはる》さまのことで、将軍家へ楯突《たてつ》くだけの気概を失っているな」

尾張家七代宗春は、吉宗がまだ紀州藩主だったとき、将来将軍継承の敵となるとして、兄二人、吉通《よしみち》、継友《つぐとも》と甥《おい》五郎太を謀殺としたと疑い、強く反発した。

吉宗が推奨した倹約をおこなわなかったどころか、まったく反対の奢侈《しゃし》に溺れ、派手に金を遣いまくった。

おかげで尾張の城下はかつてないほどの繁栄を誇ったが、その行動を激怒した吉宗によって宗春は隠居謹慎を命じられた。尾張藩はその結果直系継承ができなくなり、分家の川田久保《かわたくぼ》松平家の血を引く宗勝を当主に迎えざるを得なくなった。

「事情は違うが紀州も同じだな。紀州は吉宗さまが将軍となられたことで、当主が空き、やはり分家の西条松平家から宗直さまが入った。いわば吉宗さまのおかげで、三万石の分家から五十五万石の本家を継げたのだ。とても吉宗さまの嫡男である家重さまに牙剝くなどできぬ」

芳賀がため息を吐《つ》いた。

「となると、水戸家になる」

「ああ」

坂田の意見に芳賀が同意した。

「今の当主参議宗翰《むねもと》さまはどのようなお方だ」

「お見かけしたことはあるが、お話しをしたことはない」

問うた芳賀に坂田がわからぬと答えた。

「まずは、お人柄を確かめてからだな」

「そうよな。将軍家の寵臣を敵に回すことを忌避されるようでは困るし、ここぞとばかりにぐいぐい出られても面倒だ」

芳賀と坂田がうなずき合った。

「将軍となるに十分な器量と、慎重さをお持ちでないと、我らの未来を託すにはたりぬ」

坂田が述べた。

「田沼主殿頭を排除するとともに、吉宗さまのご遺訓を進めようとなさる家重さまもご隠居願う。その後、水戸さまに十代将軍となっていただく」

芳賀が付け加えた。

「そうなれば、我らの天下よな」

「ああ、かつて柳生但馬守《やぎゅうたじまのかみ》が務めたという惣《そう》目付も夢ではない」

二人が笑った。

三代将軍秀忠《ひでただ》のもと、外様《とざま》大名の改易、減封に辣腕《らつわん》を振るった柳生但馬守は、大目付の前身である惣目付に任じられた。もっとも、そのころの惣目付の権限は今の大目付をはるかに凌駕《りょうが》し、大名だけでなく旗本も監察した。

「惣目付……大名になれるな」

「おうよ」

二人が興奮した。

惣目付となった柳生但馬守は度重なる加増を受け、二千石の旗本から一万二千五百石の大名まで立身していた。

「……だが、まずは」

「水戸参議さまを調べねば」

芳賀と坂田が冷静に戻った。


八丁堀を訪れたときより二日ほどおいて、徒《かち》目付の安本虎太と佐治五郎が佐藤猪之助の管轄であった浅草へと出向いた。

「後を付けてくる者はない」

二人は別々に行動し、顔をよく見られている安本虎太が囮《おとり》となって、周囲に気を配っていた。

「八丁堀の者どもが、見逃すとは思えぬがな」

浅草寺《せんそうじ》の本堂前で落ち合った安本虎太と佐治五郎が首をひねった。

「たしかにな。南町奉行の不興を買った同心が、隠居したとたんに出奔した。なにかあると思って当然だ」

「そこへ、のこのこと佐藤猪之助を訪ねて来た者がいる。しかも湯屋で事情に探りを入れているとなれば……放置しておくほうがおかしい」

「しかし、本当に後を付けてくる者の姿はなかったぞ」

佐治五郎が断言した。

「我らに気づかれず、後を付けられるだけの技量を持った者がいる」

「あり得ぬとは言わぬが、まず無理だろう」

安本虎太の懸念を佐治五郎が否定した。

徒目付は隠密《おんみつ》としても動く。目付から指示があれば、大名屋敷へ忍びこむこともあるのだ。他人の気配に敏感でなければ、とても務めていられない。

「となると……」

「もう佐藤猪之助にはかかわりたくないのか……あるいは己たちで手出しはしないが、佐藤猪之助を陥れた者への痛撃を我らに期待しているのか」

安本虎太と佐治五郎が見つめ合った。

「町奉行所の与力、同心は不浄職として蔑まれるためか、結びつきが深いと聞く」

「通婚も八丁堀のなかでしかせぬとも言う」

二人の意見が一致した。

「見て見ぬ振りだな」

「ならば、好き放題にやらせてもらおう」

佐治五郎が表情を消した。

「我らの目的が佐藤猪之助の命だと知ったら、町奉行所の連中はどう思うだろう」

「後悔するだけか、それとも我らを仇《かたき》として狙うか」

安本虎太の疑問に佐治五郎が応じた。

「どちらにせよ、我らに悔いはない。仇として付け狙われてもな」

「お目付さまに逆らったときから覚悟はできている。佐藤猪之助のようにすべてを失うわけにはいかぬ」

二人が観音像へと手を合わせた。


左馬介はより気まずい思いをしていた。

「おや、あたらしい櫛ですね。まだ、髪の油が染みていない。昨日今日というところでしょうか。はて、喜代に買いものをするような余裕はありましたかねえ。諫山さまのお世話で出ていたぶん、いろいろな用事がたまっているはずですが……」

さりげなく喜代に渡したはずの櫛を分銅屋仁左衛門が見抜いたのだ。

「…………」

喜代が真っ赤になってうつむいた。

「ほう……」

分銅屋仁左衛門が喜代の態度を見逃すはずはなかった。

「諫山さまですね」

「いや、その、なんだ。世話になったのでな。心ばかりの礼というやつでござる」

顔を向けられた左馬介もしどろもどろになった。

「さようですか。いえいえ、結構でございますよ。お礼の気持ちというのは、どのような形でも大切なものですし」

にこやかに分銅屋仁左衛門が笑った。

「しかし、喜代は奉公人、あまり派手なものを身につけるわけにはいきません。その点から見ても、一切の装飾を排しながら、気品のある色を出している柘植の櫛を選ばれるとは、諫山さまもなかなかおできになる。さぞや、浮名を流されたことでございましょう」

「…………」

分銅屋仁左衛門の冗談に、喜代の表情が抜け落ちた。

「いやいや、そんなことはないぞ。わかっておるだろうが。その日暮らしの浪人が、そんなに遊べるはずなど……」

「わかってますとも。諫山さまがお堅い方だとね。だからこそ、お任せしているのでございますよ」

あわてて言いわけをする左馬介を分銅屋仁左衛門が援護した。

「これは真剣に考えなければいけませんね」

「なにをだ」

一人で納得している分銅屋仁左衛門に左馬介が首をかしげた。

「それはですな……」

「旦那さま」

口の端を緩めて話そうとした分銅屋仁左衛門を番頭が遮った。

「どうかしましたか」

分銅屋仁左衛門が笑いを引っこめた。

「老中堀田相模守さまのご用人、瀬川さまとおっしゃるお武家さまが、旦那さまに会いたいとお見えでございまする」

「堀田相模守さまの……なるほど。すぐに奥の客間へお通ししてください。喜代、お茶の用意をね。一番いい茶葉を使いなさい」

「ただちに」

「はい」

分銅屋仁左衛門の指図に番頭と喜代が動いた。

「拙者はどうする」

「そうでございますね。一応、外を見てください。ただし、目立たぬようにお願いをいたしまする。相手は御老中さまのご家中でございますからね。お供の方々が、諫山さまをいぶかしまれても面倒になります」

幕政の頂点に立っているがゆえ、老中には敵が多い。

三百諸侯と言われる大名のなかから五人ていどしか選ばれず、加賀の前田、薩摩《さつま》の島津でも名前ではなく、その方と呼び捨てることができる。また、老中だけが許される刻み駕籠《かご》と呼ばれる駆け足の振りをした行列の足並みは、御三家でも遠慮しなければならないだけの権威を持つ。

「十万石を投げ捨ててもいいから、一度あの刻み駕籠に乗ってみたい」

そう言った外様大名がいたほどあこがれられるのが、老中なのだ。今の老中に入れ替わって、己がその地位に就きたいと考えている者は多い。となれば、少しの失敗でも足を引っ張られる。それが家臣のものであっても、狙っている連中にしてみれば好機になる。

堀田相模守の家臣は、どこであっても気を尖《とが》らせている。そこに浪人が近づけば、過剰な反応をしてもおかしくはなかった。

「承知した」

左馬介が首肯した。

二

「お手伝いを」

茶の用意を終えた喜代が、分銅屋仁左衛門の身形《みなり》を整えるために戻ってきた。

「よろしゅうございます」

「ありがとうよ」

分銅屋仁左衛門が、喜代に礼を言って奥の客間へと向かった。

「ようこそ、お出《い》でくださいました。先日はお目通りをいただき、かたじけのうございました」

表だっての親交ではないとはいえ、つきあいのある田沼家ではないのだ。商人として、分銅屋仁左衛門は廊下で手を突いた。

「うむ」

瀬川が鷹揚《おうよう》にうなずいた。

分銅屋仁左衛門がまず予定を聞くことなく、老中堀田相模守の屋敷を訪れて面談を求めたのだ。前触れなしで訪れた瀬川が詫びを言う義理はなかった。

「そこでは話が遠い。なかへ」

「では、ご無礼をいたしまする」

瀬川の招きを待って、分銅屋仁左衛門が客間へ入り敷居際に腰を下ろした。

「……………」

それを見て、ようやく喜代が茶を瀬川に供した。もちろん、分銅屋仁左衛門の分はない。これも身分の差であった。

「……ふむ。よい茶である」

一口含んだ瀬川が褒めた。

「畏《おそ》れいりまする」

分銅屋仁左衛門が頭をたれた。

「先日、そなたが拙者を訪れたことを殿に申しあげた」

「ご老中さまのお耳にわたくしの名前が。それはなんとも光栄でございまする」

瀬川の話に分銅屋仁左衛門が恐縮した。

「殿のお耳に入れた以上、拙者としてもそなたのことを調べねばならぬ。加賀屋との一件では、かなり面倒なことになっていたの」

「まったくでございまする。一方的に目の敵《かたき》にされて困惑しておりまする」

こっちにも悪いところがあるなどといった弱みを見せるわけにはいかない。老中の用人といえば、堀田相模守の懐刀なのだ。わずかな隙でも喰いこまれてしまう。

分銅屋仁左衛門は加賀屋の逆恨みだと応じた。

「その加賀屋だが、なにやら体調を壊したと聞いた」

「さようでございますか」

「あまり興味はなさそうだの」

平然としている分銅屋仁左衛門に瀬川が驚いた。

「向こうが勝手に絡んで来ただけでございまする。病であろうがなんであろうが、こちらにかかわりなければどうでもよいことで」

「……ふむ」

分銅屋仁左衛門の答えに瀬川が少しの間を空けた。

「寄ってこなければ、蠅《はえ》などどうでもいい……か」

「蠅のほうが、まだましでございまする。叩き潰せますから」

瀬川の例に、分銅屋仁左衛門が手を振った。

「たしかにの」

満足そうに瀬川がうなずいた。

「さて、用件に入ろう」

「お伺いいたしまする」

瀬川の言葉に分銅屋仁左衛門が姿勢を正した。

「当家が山形から佐倉へと移封されたことは存じておるか」

「はい。名誉の地へのご転封おめでとうございまする」

「たしかにめでたい。めでたいが、転封は金がかかる。なにせ、これで四回目だからの。いささか、辛い状態にある」

遠回しに瀬川が堀田家の内情を語った。

「…………」

ここでなにか言うのは得策ではない。分銅屋仁左衛門は無言を貫いた。

「殿は五十両では少なすぎると仰せだ」

瀬川が分銅屋仁左衛門に告げた。

「いかほどご入り用で」

分銅屋仁左衛門が問うた。

「新田開発の金として十万両」

「それはまたずいぶんな金額でございますな」

瀬川の出した金額に分銅屋仁左衛門が驚いた振りをした。

「あいにく、当家ではご用意できませぬ」

「なにを申すか。そなたの財を我らが知らぬとでも。分銅屋、そなたの蔵にある金は十五万両をこえるはずだ」

拒んだ分銅屋仁左衛門に瀬川が事実を突きつけた。

「財がないとは一言も申しておりませぬ。用意できぬとお答えしただけでございまする」

「なぜだ。十万両を寄こせと言っているわけではない。貸してくれればよいのだ」

もう一度断った分銅屋仁左衛門に瀬川が理由を求めた。

「わたくしどもは両替商でございまする。お客さまが銭を持ちこんでくださり、小判へ替えてくれとお求めいただいたときには応じねばなりませぬ。小判がございませんは許されないのでございまする」

「十五万両から十万両を引いても五万両残るではないか」

「五万両の両替が来ないとはかぎりませぬ」

「馬鹿を申すな」

分銅屋仁左衛門の返答に瀬川が激した。

「それがそうではございませぬ」

「なんだとっ」

首を横に振った分銅屋仁左衛門に、瀬川が驚いた。

「伊達家のようなことがございまする」

「……伊達……ああ、仙台味噌《みそ》か」

言われた瀬川が思いついた。

仙台味噌とは、伊達家が誇る特産品である。

江戸詰めの藩士たちのために仙台から味噌を移送していたが、その費用が馬鹿にならないとして江戸屋敷に味噌蔵を建てた。

最初は匂いで気づいた屋敷の近隣の者たちが、味噌を分けてくれと求めに来た。やがて、その味噌が美味《おい》しいと評判になり、江戸中から味噌を買いに来るようになっていた。

「味噌を買いに来るのは町民でございまする。皆、銭を握って仙台さまのお屋敷に行く」

「銭が集まると」

「はい」

「五万両もいかぬだろう」

「いきませぬが、そういったことは他のお大名方でもなされておりまする。屋敷内に神社を持つお方は多うございまする。そういったところも賽銭《さいせん》として銭が集まりまする。それらすべてが、両替をと仰せられたら」

「……詭弁《きべん》だな」

「さようでございます」

適当にごまかそうとしているだろうと指摘された分銅屋仁左衛門があっさりと認めた。

「そなた、拙者をからかっておるのか。いや、試したのか」

「試されているのは、わたくしだと思いますが」

あきれ果てた口調の瀬川に、分銅屋仁左衛門が返した。

「それであの態度だったと」

「ご無礼は幾重にもお詫びいたしまする」

分銅屋仁左衛門が平伏した。

「唯々諾々《いいだくだく》と金を出すようでは不合格、金がないとごまかすのは論外、とても出せる金額ではないと怖れるようでも駄目」

「ふふふふ」

分銅屋仁左衛門の説明に、瀬川が笑った。

「十万両貸せと言って貸して不合格となるのはなぜだ」

瀬川が確認のため答えを求めた。

「わたくしが全部負担してしまっては、今まで堀田さまにお出入りを許されていた商家が戸惑いましょう」

「さすがじゃな。そうだ。当家に金を貸している者たちが、不安がろう。新田開発は失敗すれば金をどぶに捨てることになるが、成功すれば毎年、当家に大きな利を生む。多少の借財など、ないも同然」

「その利をわたくしという堀田さまとは縁の薄い商人が独占する。それを嫌う者は多うございましょう。なかには……」

「新田開発の足を引っ張る者が出る」

分銅屋仁左衛門が濁したことを瀬川が口にした。

「どのくらいにすべきだと思う」

瀬川が問うた。

「相手がどこまで出すかによりますが……」

少し分銅屋仁左衛門が思案した。

「五分五分がいいところだと」

「ふむ。相手側に花も持たせながら、半分を出すことで新田開発の主導を握る」

分銅屋仁左衛門の話に瀬川が感心した。

「半分は出しませんと、金だけ預けて口出しできなくなりましょう。なにせ、新田開発は佐倉でおこなわれましょう。江戸のわたくしがずっと行きっぱなしとは参りません。そうなれば、現状を教えてさえもらえないどころか、適当な嘘偽りでごまかされかねませぬ」

「たしかにの」

瀬川が分銅屋仁左衛門の危惧を認めた。

「五万両なら出せるということじゃな」

「もちろん、証文はいただきまする」

金額を確認した瀬川に分銅屋仁左衛門が条件を付けた。

「老中を敵に回すと思わぬのか、証文など」

証文には貸すときの条件が記される。返済方法、期日、金利、そして返せなかったときの担保などだ。

瀬川が脅しをかけた。

「当然でございまする。わたくしは商人。利にならぬことはいたしませぬ」

証文を交わさないなら、金は貸さないと分銅屋仁左衛門が返した。

「…………」

毅然とした態度の分銅屋仁左衛門に瀬川が黙った。

「主殿頭さまか」

「よくお調べでございますな」

それくらい老中ならば調べられると最初から思っていた分銅屋仁左衛門は動揺しなかった。

「お側御用取次くらい、我が主ならばどうにでもできるのだぞ」

「どうぞ」

分銅屋仁左衛門が平然と笑った。

「……今日のところは帰ろう」

不意に瀬川が遣り取りを打ち切った。

三

瀬川のことも佐藤猪之助は見ていた。

「先日の侍とは違うな。こっちはずいぶんとお供がいやがる」

行列とまではいわないが、主、警固の家士二人、挟み箱持ちの中間、草履取りを連れているとなれば、相応の武家だとわかる。

武士の癖で刀の鞘《さや》が他人と当たらぬよう、道を歩くときは左側に寄るとはいえ、人数が多いためほとんど半分以上を占めている。行き交う町人たちも、なにかあっては面倒なのでこういった武家の一行は避ける。

海が割れる神話のように、人が割れて行く道を空けていく。当然、目立つので、佐藤猪之助はかなり離れたところからでも、見失うことはなかった。

「おいおい、廓内《かくない》に入るぞ」

一行が江戸城の呉服橋御門を潜ったのを確認して、佐藤猪之助は目を剝いた。

「まずいな、呉服橋御門内には、南町奉行所がある。顔を見られては、なにかと気まずい」

市中にいるぶんには目こぼししてもらえるが、町奉行所の門前となればそうはいかなくなる。出奔は武家にとって忠義を揺るがす大罪である。見逃したと南町奉行山田肥後守に知られれば、町奉行所の役人たちに粛正の嵐が吹く。

「古巣に迷惑はかけられねえ」

佐藤猪之助は瀬川たちの後を付けることをあきらめた。

「おいっ」

呉服橋の袂《たもと》で足を止めた佐藤猪之助の背中に声がかかった。

「……清水さま」

振り向いた佐藤猪之助が、背後に立っている清水源次郎に驚いた。

「こんなところでなにをしている」

捕まえようとはせず、清水源次郎が問うた。

「じつは……」

佐藤猪之助が経緯を語った。

「やはりまだ分銅屋をあきらめてはいなかったか。町奉行所同心らしい執念だな」

聞いた清水源次郎がため息を吐いた。

「待ってろ」

そう言うと清水源次郎が呉服橋御門へと入っていった。

「……罠《わな》か。いや、違うな。ここで捕り物をすれば、呉服橋を警衛している書院番同心たちも加勢する。おいらを足留めして、町奉行所の小者たちを呼びに行く意味はねえ」

一度は清水源次郎を疑った佐藤猪之助だったが、逃げ出すという判断をしなかった。

「……待たせたな」

ゆっくりと茶を飲むほどの間で清水源次郎が戻ってきた。

「さっきの連中だが、聞いたところ老中首座堀田相模守さまのお屋敷に入ったそうだ」

「堀田相模守さまの……」

清水源次郎の報告を受けた佐藤猪之助が息を呑んだ。

「これでわかっただろう。そなたが隠居を命じられた理由が」

「……嫌というほど」

佐藤猪之助が苦い顔をした。

「お奉行も平目役人さまだとわかりました」

平目役人とは、魚の平目のように上ばかり見ている、下役のことなど何一つ気にはしない出世思考の者を指す。

「そう言うな。いつのお奉行さまもそうであったろうが。誰一人として、町奉行所を終生の仕事とは思っておられぬお方ばかりであった」

「でございました」

当たり前のことを今更口にするなと注意された佐藤猪之助がうなずいた。

「町方役人どころか、武士ですらなくなったそなたに言ったところで詮ないことだとわかってはいるが……分銅屋のことは忘れろ。どこか江戸の片隅で、のんびりとその日を暮らせ。商家の帳面付けか、寺子屋の師匠でもしてな。一度、同心ではない目で江戸の町を見てみるのもよいぞ」

清水源次郎が余生を静かに過ごせと諭した。

「……我慢ができませぬ」

少し待って佐藤猪之助がはっきりと首を横に振った。

「人を殺した下手人が、のうのうとしている。それも分銅屋という金持ちの庇護を受けて。それに手出しができねえなんて、おかしいとは思われませんか」

「証《あかし》がないだろう。勝手に下手人扱いにしているだけだ」

左馬介が殺したと自白したわけではなく、誰かが見ていたわけではない。

「夜鷹《よたか》が一人見ておりました」

「違うな。夜鷹は浪人の後を付けていく武家を見ただけで、その浪人が武家を殺すところを見てはいない」

唯一の証言者を出した佐藤猪之助に、清水源次郎が手を振って否定した。

「ですから、あの浪人をしょっ引いて、少し痛い目を見させれば……」

「そのへんの無頼ではないのだぞ。諸家出入りの分銅屋で働いている浪人を、責め問いなどにかけられるか」

力尽くでと言い出した佐藤猪之助を清水源次郎が制した。

「ですが、あやつは浪人でございますぞ。きっと叩《たた》けばなにかの埃《ほこり》が出るはずでございまする」

佐藤猪之助が食い下がった。

浪人は、武士ではなく庶民ながら、幕府の目こぼしで両刀を帯びている。町人には、太刀ほどの刃渡りを持つ武器を所有することさえ禁じておきながら、浪人には許す。

「我らは主君を選んでいる最中である」

それが浪人に名分を与え、その態度を大きなものとさせていた。

「武士に対し、その言いかたはなんだ」

「金を払えだと。払わぬといつ拙者が言った。今は金がないゆえ、しばらく待てと頼んでいるだけだ」

店に強請《ゆすり》集《たか》りをかける、無銭飲食をしながら開き直るなど、浪人のなかにはろくでもない者がいる。

佐藤猪之助の言うこともあながちまちがってはいなかった。

「無頼浪人ではないぞ、あやつは」

用心棒とはいえ、分銅屋で働いている。

「それにあやつからなにかされたという訴えはないだろう」

「…………」

誰からも取り締まってくれという要望も出ていない。佐藤猪之助も言葉を失った。

「百歩譲って、あの浪人が武家を殺したとしよう。なんのためだ」

「それは……浪人ですから金」

「殺された侍は旗本の家臣だぞ。今どきの陪臣《ばいしん》が出かけるときに金を持っているとでも」

「うっ」

佐藤猪之助が清水源次郎の指摘に詰まった。

「で、では、恨みが……」

「浪人と陪臣の間に関係があったと」

「さようでございまする」

清水源次郎の確認に、佐藤猪之助がうなずいた。

「調べたであろう、それを。そなたがな。あったのか」

「……いえ」

佐藤猪之助が頭を垂れた。

「わかったであろう。そなたのやっていることは、ただの嫌がらせでしかない」

「…………」

止めを刺した清水源次郎に佐藤猪之助は抗弁できなかった。

「もう分銅屋には近づくな。次になにかあったときは、かばわぬぞ」

分銅屋仁左衛門から訴えがあったら、手心加えることなく佐藤猪之助を捕らえると
清水源次郎が告げた。

「……ごめんを」

それに答えず、佐藤猪之助は清水源次郎から離れた。

「わかっているさ。だが、どうしようもねえ。あの浪人が下手人だと定町廻りを務めたおいらの勘が言っているんだ」

佐藤猪之助は妄執に陥っていた。

「……危ないな」

清水源次郎が、佐藤猪之助の独り言を聞いていた。

「このことがお奉行さまに知れたら……佐藤の家は確実に潰される。それだけですめばいいが、とばっちりがこっちにも来かねぬ」

しばらく清水源次郎が思案した。

「猪之助に目を付けておくか」

清水源次郎が、戻りかけていた町奉行所とは反対のほうへと足を向けた。


浅草の様子を数日かけて探った安本虎太と佐治五郎は、このあたりを締めている五輪の与吉を見張っていた。

「まったく佐藤猪之助の気配もないな」

「ああ。新しい町奉行所同心の尻にくっついて、ご機嫌を取り結んでいるだけだ」

安本虎太と佐治五郎が嘆息した。

町奉行所から離れたもと同心など、なんの力もなかった。

町屋で生きていく術《すべ》さえ持ってはいない。となれば、誰かに頼るしかなくなる。それがもっとも付き合いの深い御用聞きになるのは当然であった。

御用聞きは、担当している町内に大きな影響力を持っている。仕事や住居の紹介をしてもらうのにかっこうの相手であった。

しかし、五輪の与吉の周りに、佐藤猪之助の姿はなかった。

「となれば、分銅屋だな」

「そこしかなさそうだ」

佐藤猪之助が分銅屋に執着していたことを徒目付の二人は知っていた。

五輪も与吉の縄張りから分銅屋は近い。四半刻（約三十分）もかからず、二人は分銅屋の暖簾《のれん》を見張れる場所に着いた。

「用心棒は店のなかだな」

左馬介の姿がないことを安本虎太が述べた。

「佐藤猪之助は見当たらないか」

佐治五郎が首を動かした。

「見えぬの」

「ここも外れだとすると、佐藤猪之助は江戸から出た……」

頭を左右に振った佐治五郎に、安本虎太が推測した。

「あるな。町奉行所を敵に回したようなものだ。江戸にはいづらかろう」

佐治五郎も同意しかけた。

隠密の心得を持つ徒目付だけに、安本虎太と佐治五郎は道行く人たちの注意を引くようなまねはしていない。それに武家ほど江戸で目立たないものもいないのだ。二人はさりげなく立ち話をしている知り合い同士を装っていた。

「あれは安本どのと佐治どのではないか」

だが、それに佐藤猪之助は気づいた。

「やはりお二人とも、分銅屋に目を付けておられるのだな」

佐藤猪之助が喜んだ。

「安本どの、佐治どの」

「なっ」

「誰だっ」

不意に声をかけられた安本虎太と佐治五郎が驚いた。

「佐藤猪之助でござる」

「ああ」

「おおっ」

名乗られた佐藤猪之助に安本虎太と佐治五郎が焦った。

「どうかなされたのか」

挙動不審な二人に佐藤猪之助が怪訝な顔をした。

「いや、貴殿がここにいるとは思ってもいなかったのでな」

佐治五郎が取り繕った。

「そうだな。八丁堀まで訪ねたのだが、行き方知れずだと聞かされてな。気にしていたのだ」

安本虎太が続けた。

「訪ねてくださったのか」

佐藤猪之助が喜んだ。

「事情は聞いた」

「……恥ずかしいことでござる」

佐治五郎に言われて、佐藤猪之助がうつむいた。

「しかし、ここにおるということは、あきらめてはおらぬのだな」

「いかにも」

安本虎太に確認された佐藤猪之助が首肯した。

「ここではなんでござる。すぐそこに拙者の住まいがありますゆえ、そこでお話を」

「おぬしの住まい……」

「はい。汚い棟割《むねわり》長屋でございますが」

首をかしげた佐治五郎に佐藤猪之助が情けなさそうな顔をした。

「いや、ご苦労なされたのであろう」

口調を優しいものにして安本虎太が慰めた。

「かたじけなし。こちらへ……」

佐藤猪之助が二人を二筋奥の小路の突き当たりにある棟割長屋へと案内した。

「ちと経緯についてお話を」

長屋に入った佐藤猪之助が己が同心を辞めさせられたことについて報告した。

「堀田相模守さまか」

「むうう、御老中首座さまが出てきてはいたしかたなし」

徒目付二人がうなった。

「潔く身を引くのが最良だな」

「うむ」

安本虎太と佐治五郎がうなずきあった。

「それでは……」

佐藤猪之助が顔色をなくした。

「悪いがこれで手を引かせてもらおう。我らは幕臣ゆえ、ご老中さまのご意向には逆らえぬ」

安本虎太が告げた。

「戻ろう」

「うむ」

二人の徒目付の意見が一致した。

「佐藤氏《うじ》、残念だが、これでお別れじゃ」

佐治五郎が佐藤猪之助に手をあげた。

「もう会うこともあるまいが、無理をなさらぬようにな」

口調をていねいなものにして、二人が佐藤猪之助の長屋を後にした。

「……そこまで老中が怖いか」

残された佐藤猪之助が低い声で独りごちた。

「分銅屋仁左衛門と御老中首座さまが繋がっているとなれば……」

「目付たちが手を引くのはまちがいないな」

長屋を出た二人の徒目付が話しながら歩を進めた。

「芳賀と坂田の二人は知っていると思うか」

「どうであろうな。目付でございと反《そ》っくり返っているだけで、自ら探索に出ることなどないからの」

問うた安本虎太に佐治五郎が首をかしげながら答えた。

「ただ、町奉行の山田肥後守が知っているというのが気になる。そこから知ったやも」

「それはあるな」

佐治五郎の懸念を安本虎太も認めた。

「少し注意しておこう」

「だな。ご老中さまがかかわってくるとなると、目付も手出しを控えるはずだ。そうなれば、我々のことも気にしなくなろう」

「佐藤猪之助を殺す意味もなくなるな」

「下手人になりたくはない。家を守るためと思えばこそ肚《はら》をくったが、しなくてよいならば、それこそありがたし」

二人の徒目付が安堵した。

「芳賀と坂田を見張るとしよう」

「おう」

安本虎太と佐治五郎が合意した。

四

芳賀と坂田は、水戸権中納言宗翰の周辺を探った。

御三家のなかで唯一、水戸家は定府《じょうふ》の家柄である。藩主は国元へ帰ることなく、その在任中江戸に詰める。

これは水戸徳川家が旗本頭《がしら》という役目にあるからだとされていた。

旗本頭は、いざというとき、将軍家に代わって水戸家の当主が旗本たちの指揮を執る。徳川家の誇る先手組《さきてぐみ》、大番組などを預かり、戦場で先陣を承るのが役目、江戸で旗本たちと触れあうべく、そのために国元へ帰らず、江戸にあり続けている。

これを僥倖《ぎょうこう》ととらえるか、参勤交代もせず、大名扱いを受けていないととるか、水戸徳川家は微妙な立ち位置にあった。

「…………」

徳川御三家は、将軍の居室御休息の間から遠く離れた大廊下上段が城中での詰め所になる。上座から、尾張徳川家、紀州徳川家、水戸徳川家、越前松平家、そして加賀前田家の順に並ぶ。加賀前田家が外様でありながら、末席とはいえ大廊下におれるのは、四代当主光高《みつたか》が徳川二代将軍秀忠の娘珠姫《たまひめ》の子であったことに起因する。子供がまだなかったころ光高を跡継ぎにしようと考えていたほど、三代将軍家光は甥をかわいがった。その結果、外様ながら徳川の一門扱いを受けるようになったのだ。

参勤交代もあり、この五人が大廊下に揃うことは滅多にない。ただ、水戸徳川家だけは定府のため、月次《つきなみ》登城、式日《しきじつ》登城などがあればかならずここに座った。

「…………」

目付の任に登城日は城中を巡回するというのがある。もちろん、普段から城中を巡回し非違《ひい》がないか目を光らせているが、登城日となると見張る相手が一気に増える。

「こちらが先でござる」

「であろうとも、格というものをわきまえねばなるまいが」

厠《かわや》に入る順番でもめるなど日常茶飯事であるし、慣れていない長袴《ながばかま》の裾を己で踏みつけて盛大に転ぶ者もいる。そのときに、周囲の者を巻きこみでもすれば大騒動になる。

「なにをする」

「申しわけなし。お許しあれ」

「身形がくずれたではないか。これから上様のお目通りをいただくのにどうするのだ」

他人目《ひとめ》があるため、さすがに摑《つか》みかかったりはしないが、罵《のの》り合いぐらいはやる。

数百人が一気に集まるから当然のことだが、これも目付が近づけばすっと収まる。

「なにかあったのか」

目付に声をかけられた瞬間、すべてのもめ事は一掃される。

「どうぞ、おさきに」

「いやいや、そちらから」

厠の順番を譲り合い、

「相身互い身でござる。お気になさるな」

「後日、あらためてお詫びに参上つかまつる」

袴の裾で始まったもめ事も手打ちになる。

これは目付によって、喧嘩だと認められると大事になるからであった。

幕府には喧嘩両成敗という法があった。事情はどうあれ、喧嘩だと幕府が認識した場合、どちらに非がある、理があるなどを勘案せず、両方とも咎めるというものだ。

もともとは戦国の気風が色濃く残る幕初、城中でも喧嘩が頻発した。命より名前こそ大事とされた武士、その代表たる大名なのだ。些細《ささい》なことでも名誉にかかわると刀を抜いての大立ち回りになった。当初は、幕府の老中や外様でも大藩と呼ばれる前田や島津などが間に入って仲裁をしていたが、ついにはそこにまで喧嘩は波及した。仲裁の仕方が気に入らないと言い出す者が出てきたのだ。

「儂《わし》の仲立ちが気に入らぬと言うのだな。ならば、戦で勝負をつけようぞ」

仲裁の大名も戦国を生き残ってきただけに、血の気も多い。喧嘩はますます大きくなっていく。

こうなると幕府でも対処に困る。どちらの顔も潰せないし、事情を聞いたところで、つごうのいいことしか言わない。

「面倒にすぎる」

天下が統一されたばかりで、これからいろいろな法や触れを整備していこうとしている多忙な時期に仲裁なんぞやってられないと幕府が切れた。

「今後は、委細にかかわらず、喧嘩をなしたる者は、同罪とする」

もめ事を起こした両方を処断すると幕府が宣したことで、喧嘩両成敗は法となった。

赤穂浪士《あこうろうし》討ち入りの原因となった松の廊下の刃傷《にんじょう》や、大老堀田筑前守正俊《まさとし》が殿中で刺殺されたおりなど、一部両成敗から外れるときはあったが、基本もめれば両方が咎めを受ける。

その喧嘩かどうかを判断するのは目付であった。

「なにもないな」

登城日は普段人のいない広間に大名が詰める。そこを巡回して、なにもないかどうかを見て回る。

江戸城中の安寧の維持も目付の役目である。

とはいえ、徳川将軍家の親戚にあたる御三家の控えの間である大廊下へはあまり足を踏み入れないのが慣習であった。

もちろん、御三家であろうが、百万石の加賀前田家であろうが、目付には監察の権がある。とはいえ、そのあたりは要路とつながってもいるし、なにより将軍と近い。

「いや、あの目付に叱られましてございまする」

こう将軍へ告げられれば、痛い目に遭う。

「目付はそれが仕事じゃ」

手を振って告げ口を拒んでくれる将軍ならばいいが、そうでないと注意を受けることになる。そして、将軍から注意を受けた者は進退伺いを出すのが決まりになっていた。

「よくお詫びして、誠心誠意お仕えいたせ」

たいがいは上役から諭されて終わるが、監察である目付の場合は注意を受けることさえ許されない。

目付は絶対にまちがえてはならないのだ。まちがいで咎めを受けた者が出ては幕府への信頼が揺らぐ。もし、目付の誤りで切腹させたりしたときは、回復のしようがない。だからこそ、誰もが目付のやることは正しいと思っていなければならない。

「珍しいの」

水戸中納言徳川宗翰が、大廊下を見回る目付の姿に目を大きくした。

「たしかに。ここ最近、目付を見た覚えはござらぬな」

前田加賀守重熙《しげひろ》が同意した。

兄の急死で藩を継いだ前田重熙はまだ二十三歳と若く、へりくだった態度で徳川宗翰へ接していた。

「今日で三度目だ」

「それほどございましたか。気づきませんでした」

数を数えていた徳川宗翰に前田重熙が驚いた。

「それも同じ目付だ」

徳川宗翰が付け加えた。

目付は黒麻裃《あさかみしも》を身につける。殿中で黒の裃は珍しい。遠くからでも一目で目付だとわかる。

大廊下と目付部屋を往復していた芳賀に、坂田が近づいた。

「どうだ」

「権中納言さまは、普段どおりだな」

坂田の問いに芳賀が答えた。

「内面まではわからぬか」

「話をしてさえおらぬのだ。わかるはずなかろう」

無茶を言うなと芳賀が坂田に噛みついた。

「……だな」

正論に坂田が引いた。

「思いきるしかないな」

「ときをかけても、権中納言さまのご気質が知れるわけでもない」

二人の目付が目で合意をした。

「今日の下城際に声をかけさせていただく」

「任せた」

芳賀の言葉に坂田が首肯した。

月次登城は、将軍による目通りが終われば下城できる。目通りできる順番は当然、徳川家にとって重要な大名からになる。

かつて将軍の居間として使用されていた御座《ござ》の間で御三卿が最初に目通りをし、御三家はその次に白書院で拝謁する。

今は、尾張徳川家と紀州徳川家が参勤交代で国元におり、在しているのは水戸徳川家だけであった。

しかし、白書院での拝謁は水戸徳川家からではなかった。

当主不在の代理として登城している尾張徳川家、紀州徳川家の付け家老が、最初に家重へ目通りをし、その次に水戸徳川となるのだ。

「……たかが付け家老ごときが、余よりも先に拝謁するなど……」

徳川宗翰が口のなかで罵った。

「なぜ、ここまで差を付けられねばならぬのだ」

苦々しい顔で徳川宗翰が漏らした。

御三家とはいいながら、水戸徳川家は一段低く置かれていた。これは紀州徳川家の初代頼宣と、水戸徳川家の初代頼房が、同母の兄弟だったことに由来していた。

徳川家ではとくに長幼の序が重要視される。もちろん、正室の産んだ男子が嫡男になるのはまちがいないが、そうでない側室の子供たちは生まれた順で継承権を持った。

これからいっても家康の末子である水戸徳川頼房は将軍継承権もあってないようなものになる。そこに同母の兄がいるとなれば、どうしても紀州家の後塵《こうじん》を拝することになってしまう。

これらも原因だろうが、御三家といわれていながら、水戸家には将軍を出す権利がないとされていた。

水戸家は紀州家の予備なのだ。紀州家に継承者がいなかったときに、水戸家から人が入る。同母の弟はその兄の控えになる。子供の多い武将の家などでは当たり前のことであった。

ゆえに水戸家は尾張や紀州に比べて領土は半分、官位も二段低いところまでしか上がれない。兄二人の家が、大名として自らの兵を率いて戦場へ向かうのに対し、水戸家は家臣も旗本のなかに組みこまれ、その頭として出陣する。

つまり水戸徳川家は旗本の一人なのだ。

「次、徳川権中納言どの」

奏者番から呼ばれた徳川宗翰が白書院へと進んだ。

「息災でなによりであるとの仰せでございまする」

まともにしゃべれず、うめき声しか出せない家重の代弁をする大岡出雲守も、御三家には丁重な対応をする。

「かたじけのうございまする」

徳川宗翰が平伏する。

これで月次登城の目通りは終わる。

正月や八朔《はっさく》などの式日登城となればもう少し遣り取りがあるのだが、普段は簡潔になっていた。一々、やっていてはときもかかるし、将軍も疲れる。

「ふうう」

白書院を出た徳川宗翰がため息を吐いた。

「まだましだな。長袴でこの廊下を歩くなど、たまらぬわ」

四位以上になると長袴ではなく、狩衣《かりぎぬ》姿になる。足下に絡むものがないだけ、気を使わなくてもよく、かなり気楽であった。

「権中納言さま」

大廊下へ戻ろうとしていた徳川宗翰の前に、芳賀が立った。

「目付か。余に何用であるか」

黒麻裃を確認した徳川宗翰が足を止めた。

「そなた、朝から大廊下を覗《のぞ》いていた者だな」

顔を見た徳川宗翰が目を細めた。

「お気づきでございましたか。畏れ入りまする」

芳賀が感心した。

「用件を話せ」

他人目《ひとめ》のあるところで目付に呼び止められた。なにがあったかと衆目が集まる。徳川宗翰はそれを嫌って、芳賀を急《せ》かした。

「今宵、お屋敷へ参上させていただきたく」

「屋敷へ来るだと。なんのためだ」

芳賀の要求に、徳川宗翰が警戒した。

「徳川の、いえ、武家の天下を揺るがしかねない大事についてお話をさせていただきたく」

「なぜ余に。上様か老中の誰かにするべきだろう」

「…………」

疑うような顔をした徳川宗翰に、芳賀が黙った。

「まさか……」

「…………」

息を呑んだ徳川宗翰に、無言のまま芳賀が首肯した。

「今日は来客がある。明日にいたせ」

徳川宗翰がそう告げて、去っていった。

「……よし」

芳賀が息を吐いた。

五

定町廻り同心の立ち寄り場所になったためか、分銅屋に馬鹿をしでかす者はいなくなった。

当然、左馬介の用心棒としての出番もなくなる。

「髀肉《ひにく》の嘆《たん》ではないが、暇すぎるな」

左馬介が大あくびをした。

「いただけませんな」

分銅屋仁左衛門があきれた。

「すまぬ。こう平穏だと、気が緩む」

「まちがえては困りますよ。本来はこうなのです。今までが異常だっただけで」

愚痴った左馬介に分銅屋仁左衛門が苦笑した。

「たしかに」

左馬介が同意した。

「どれ、少し身体を動かしてくる」

「お見廻りでございますか。ご苦労さまです」

腰をあげた左馬介に、分銅屋仁左衛門が一礼をした。

勝手口から外へ出た左馬介が、ぐるりと店を一周した。

「なにもない」

左馬介がため息を吐いた。

「……おや、立派な駕籠が来るな。武家ではなさそうだ」

駕籠に付いている供が町人ばかりであった。

「お邪魔をいたしまする。神田錦町《かんだにしきちょう》の呉服屋赤城屋《あかぎや》でございまする。ご主人にお目にかかりたく、やってまいりましてございまする」

先触れの手代が分銅屋の暖簾を潜って名乗った。

「しばし、お待ちを」

番頭が分銅屋仁左衛門を呼びにいった。

「旦那。お出ましを」

名乗りをした手代が、駕籠に声をかけた。

「わかったよ」

扉が開いて、恰幅《かっぷく》のいい壮年の商人が現れた。

来客を聞いた分銅屋仁左衛門が、怪訝な顔をした。

「赤城屋さんねえ。初めて聞く名前だ。まあいい、お出迎えをするよ」

分銅屋仁左衛門が立ちあがった。

初めての客にどう対応するかは店によっても違うし、そのときの状況によっても変わる。

　あらかじめ予約があった場合は別だが、不意の場合は会わずに断ることもある。また、いきなり奥へ通さないのは、どのていどの客なのかを見てからでないと場違いな客間へ案内することになり、相手から軽く見られてしまうときがあるためであった。

「分銅屋仁左衛門でございまする」

　暖簾を割って、分銅屋仁左衛門が赤城屋の前に出た。

「不意にお邪魔して申しわけありませぬ。どうしても分銅屋さまにお願いしたいことがあり、無理を押して参りました」

　赤城屋が腰を折った。

「さようでございましたか。ここでお話を伺うのもなんでございます。どうぞ、奥へ」

　分銅屋仁左衛門が自ら赤城屋を奥から二つ目の客間へと案内した。

「あらためまして、神田錦町で呉服、小間物を扱っております赤城屋仁兵衛でございまする。本日は、分銅屋さまがご所蔵の珊瑚玉について、お願いがあって参上つかまつりました」

「……どこでその話を」

分銅屋仁左衛門がまだ誰にも話していない田沼主殿頭からの預かりものについて口にした赤城屋を胡乱《うろん》な目で見た。

「それはご勘弁を」

赤城屋が拒んだ。

「さようでございますか。で、お願いとは」

問いただしてもしゃべるまいと感じた分銅屋仁左衛門が先を促した。

「是非、わたくしにお譲りをいただきたく」

「売れと」

「はい」

確認した分銅屋仁左衛門に赤城屋が首を縦に振った。

「いくらでお買い求めに」

「その前に、品物を見せていただけましょうか。でなければ値付けもできませぬ」

金額を問うた分銅屋仁左衛門に赤城屋が要求した。

「たしかに、そうでございましたな。しばし、お待ちを」

分銅屋仁左衛門が中座をした。

「いけませんね。漏れているはずのないものが、知られていることに動揺してしまいました。商品を確かめずに金を払う商人はおりません」

自室へ向かいながら分銅屋仁左衛門が自省した。

「お客人か」

居室の前で左馬介が控えていた。

「ちょうどいい。諫山さま、中の客間の手前でお控え願えますか」

「……面倒な客だと」

「おそらくは」

表情を険しくした左馬介に、分銅屋仁左衛門がうなずいた。

「わかった」

「先に行ってください。わたしは用意するものがございますので」

左馬介を念のために用意させて、分銅屋仁左衛門が居室の隠し金庫を開けた。

「さて、いくらの値を付けますかね」

分銅屋仁左衛門が独りごちた。

箱にしまわれたままの珊瑚玉を分銅屋仁左衛門が中の客間へと持ちこんだ。

「…………」

「開けまする」

食い入るような目で見る赤城屋に分銅屋仁左衛門が宣した。

「……おおっ」

珊瑚玉のお披露目に赤城屋が歓声をあげた。

「この大きさ、色。まさに最高級品」

赤城屋がため息を漏らした。

「手に取らせていただいても」

「どうぞ。ただし、なにかありましたときは、かなりの弁済をいただくことになりますが」

興奮している赤城屋に分銅屋仁左衛門が釘を刺した。

「十分承知しております」

赤城屋が少し落ち着いた。

「傷もない。穴も見当たらないね」

「はい」

供に連れてきた手代と赤城屋が顔を見合わせてうなずきあった。

珊瑚には、その性質上小さな穴が開いていることが多い。その穴がないのは、かなり大きな珊瑚樹から削り出した証拠であった。

「色もきれいだ」

「まちがいなく、近来稀《まれ》に見る品かと」

満足そうな赤城屋に手代も同意した。

「眼福《がんぷく》をさせていただきました」

一礼した赤城屋が珊瑚玉を分銅屋仁左衛門に返した。

「はい」

受け取った分銅屋仁左衛門が真綿にくるんで、箱へとしまった。

「いかがでございましょう。百両でお譲りいただけませぬか」

赤城屋が値を出してきた。

「ご冗談を」

そんな安値では売れないと分銅屋仁左衛門が拒んだ。

「百二十両……百五十両……百八十両では」

その後もいい返事をしない分銅屋仁左衛門に赤城屋が値段をつり上げた。

「これ以上は、いささか暴利では」

赤城屋が分銅屋仁左衛門に不満を申し入れた。

「わたくしはこの珊瑚玉、二百両は割らないと思っております る」

「………」

それ以下では売らないと言った分銅屋仁左衛門に、赤城屋が黙った。

「いささか予算をこえるようでございますな。少し考えても」

「どうぞ。ただし、ご予約はお受けいたしませぬ。わたくしが納得する金額を提示してくださるお方がお出でになられたら、そちらにお譲りすることになりまする」

赤城屋の申し出に分銅屋仁左衛門が厳しい返答をした。どこから聞いたかを教えなかったことへの腹いせでもあった。

「やむを得ませぬ。では、できるだけ早くご返事をさせていただきまする。帰りますよ」

手代に合図をして赤城屋が去っていった。

「……どうなさった」

客間に座ったままの分銅屋仁左衛門を気にした左馬介が問いかけた。

「いえね。ちとややこしいことになりそうだなと」

「ややこしい……」

「ええ。どうやら田沼主殿頭さまの周辺に頭の黒い鼠《ねずみ》がいるようで」

首をかしげた左馬介に分銅屋仁左衛門が難しい顔をした。

「それはまずいではないか」

左馬介が目を剝いた。

「獅子身中《ししsんちゅう》の虫などがいたら、こちらのすべてが筒抜けになる」

「なりますな。それこそ、丸裸も同然」

苦い顔をした左馬介に分銅屋仁左衛門が首を縦に振った。

「旦那さま」

二人して悩んでいるところに、番頭が駆けこんできた。

「堺屋さまとおっしゃるお方が珊瑚玉を買いたいと」

「今度は馬鹿が来たようだな」

左馬介が肩をすくめた。大声で珊瑚玉があると触れられては、盗賊が押しこんで来かねない。小さくて高価なものは、重い千両箱より盗賊にとって運びやすく隠し所にも困らない、ありがたい獲物であった。

「お隣でお願いします」

「承知」

ふたたび左馬介が隣室へ引きこんだ。

「ここへね」

まだ珊瑚玉はここにある。表で騒がれるよりはましだと分銅屋仁左衛門が番頭に指図をした。

「おまえが分銅屋か。珊瑚玉を買ってやる。これでいいだろう」

客間に踏みこんで来た堺屋が、立ったままで切り餅を四つ投げ出した。

「どこのどなたさまか存じませんが、お帰りを」

商人としても、人としてもなっていない態度に分銅屋仁左衛門が怒った。

「きさま、儂を堺屋とわかっているのか。御三家出入りの……」

「知りません。お話をする気もございません」

分銅屋仁左衛門が途中で遮った。

「……それが珊瑚玉か」

堺屋が分銅屋仁左衛門の手にある箱に気づいた。

「寄こせ。それは儂が買った」

ぐいと堺屋が手を伸ばしてきた。

「止めなさい」

分銅屋仁左衛門が堺屋の手をはたいた。

「痛っ。こいつめ、おい、四郎、それを取れ」

堺屋が供に命じた。

「へい。痛い目に遭いたくなければ、おとなしく渡せ」

四郎と呼ばれた柄の悪い男が分銅屋仁左衛門に近づいた。

「動くな」

左馬介が隣室との襖《ふすま》を開けて、四郎を取り押さえた。

「用心棒……」

堺屋が左馬介を睨んだ。

「離せ、食いつめ浪人」

四郎が暴れた。

「動くなと言っただろう。えいっ」

左馬介が四郎の肩をひねって外した。

「ぎゃあああ」

肩を外された四郎が絶叫した。

「お帰りを」

冷たい目でそれを見下ろしながら、分銅屋仁左衛門が堺屋に告げた。

「お、覚えていなさい。ええい、情けない」

金を拾うついでに肩を押さえて呻《うめ》いている四郎を蹴飛ばして、堺屋が出ていった。

「旦那あああ」

転がるようにして四郎が後を追った。

「これはいけませんね。あのていどの輩にまで話が漏れている。漏らした奴《やつ》が金で買われているだけならばまだいいですが、意図して話を拡げているようならば……」

「田沼さまの足下が揺らぐ」

分銅屋仁左衛門の感じた危機感を左馬介も共有した。

第四章　用心棒の覚悟

一

堺屋が帰ったあとも、田沼主殿頭から預かったものを名指しで購入したいと申し出る客が続いた。

「どこでお知りに」

「それは商いの秘密という奴でございますよ」

判を押したように、皆、分銅屋仁左衛門の質問への回答を拒んだ。

「では、お売りできませぬ」

分銅屋仁左衛門も頑《かたく》なに拒否をした。

「今のうちに手放されたほうがよろしいと思いますよ。あまり欲をおかきにならないのも商いのこつでございますから」

一様に捨てぜりふを残して、来客は帰っていった。

「これはなんとしてでも田沼さまとご連絡を取らなければいけませんね」

店を閉めた後、分銅屋仁左衛門が眉間にしわを寄せた。

「行くわけには……」

「駄目でございますな。わたくしと田沼さまとの繋がりを認めることになりまする。まちがいなく、田沼さまのお屋敷に目は付いておりましょう」

直接話をしに行ってはどうだと言いかけた左馬介を分銅屋仁左衛門が抑えた。

「では、先日の用人どのを呼ぶというのは……」

「あの方が漏らしたかも知れません。大丈夫だとの確信を得るまで下手に連絡をするのはよろしくないでしょう」

佐伯とも距離を置くと分銅屋仁左衛門が告げた。

「では、打つ手なしではないか」

「吉原を使うしかございません。吉原の揚屋出雲屋《いずもや》とは話ができています。そこに頼んで、田沼さまにお運びいただくしか方法はございませんが……」

「言ってすぐとはいかぬと」

分銅屋仁左衛門の悩みを左馬介が見抜いた。

「田沼さまはお忙しい。急を要するとお願いしても、数日はご予定が空きますまい」

「数日は痛いな」

左馬介も認めた。

将軍家重の寵臣としてお側御用取次をしている田沼主殿頭は多忙であった。なにせ、家重が言語不明瞭なのだ。できるだけ用件を少なく、簡潔にしなければ、意思の疎通が難しいだけに齟齬《そご》が生まれやすい。

家重の意志を代弁する大岡出雲守がいるとはいえ、政《まつりごと》の経験がなく、家重への説明、その意するところの把握に手間がかかる。

となるとお側御用取次の段階で、取捨選択しておかなければならなくなる。当然、政の勉強もしなければならないし、老中や若年寄との遣り取りも多くなる。

田沼主殿頭に吉原まで出向いてもらうには、それらを調整するだけの期間が要った。

「……………」

左馬介が村垣伊勢のことを話すかどうか悩んだ。

「どうかなさいましたか」

「いや、馬鹿をしでかす者が出てくるのではないかと思ってな」

その様子に気づいた分銅屋仁左衛門に、別の懸念を語って左馬介がごまかした。

「たしかに」

分銅屋仁左衛門が納得した。

これも事実であった。堺屋のように、露骨なまねをする者は少なかったが、どの商人もまともな商いだけで世渡りをしているようには見えなかった。

「品物は、この居室の隠し金庫のなかでございますから、そうそう破ることはできないと思いますが……」

「人質を取ることもあろう」

左馬介の懸念はそこにあった。

「なるほど」

分銅屋仁左衛門が苦く頬をゆがめた。

「とりあえず、奉公人には一人二人での行動をせず、五人くらいで固まるように申し伝えましょう。抜け遊びもしばらく厳禁だとも釘を刺さねば」

抜け遊びとは、奉公人が店を閉めてからこっそり吉原や岡場所へ行くことをいい、翌朝の店開きまでに戻って来れば、あまりうるさく咎められなかった。

「女中たちはどうする」

左馬介が訊いた。

分銅屋には上の女中として喜代一人、下の女中として二人がいた。

「三人ですね……」

分銅屋仁左衛門が悩んだ。

女は湯屋へ行きたがる。一日、二日ならば我慢もするだろうが、いつまで警戒を続けなければならないかわかっていない状況では、辛抱させるにも限界があった。

「女三人など、男が五人もいれば攫《さら》うのも難しくはない」

「……三人まとめて、昼間に湯屋へ行かせる。そのとき、諫山さまに付き添いをお願いしましょう」

「店が留守になるぞ」

女の湯は長い。鬢《びん》付《つ》けで固めた髪を解いて洗い、乾かすだけでも小半刻（約三十分）以上はかかる。そこに身体まで入れれば、半刻ではすまなくなる。

「いたしかたございません。その間は定町廻りの同心さまにいていただきましょう」

「なるほど。町奉行所の役人がいるときに、馬鹿をする者はおらぬな」

左馬介が手を打った。

「よし、吾は念入りに見廻りだな」

左馬介は裏木戸から店の表、蔵側といつもの順路での巡回をくり返した。

「おや、諫山の旦那。お見廻りでございますか」

「お、おう」

何周目かの店の表で左馬介は、お座敷帰りの村垣伊勢と出会った。

「今、帰りか」

「あいあい。いいお客でね。心付けもたっぷり、お酒もよくて、飲み過ぎてしまいました」

楽しそうに村垣伊勢が、加壽美を演じた。

「おいおい、大丈夫か」

ふらついた加壽美が左馬介の手のなかへ倒れこんできた。

「……わざとらしい見廻りをしているが、なにかあったのか」

しっかりと様子を見ていた村垣伊勢が、左馬介の胸に身を預けながら小声で問うた。

「面倒が起こった」

左馬介も介抱する振りをしながら、ささやいた。

「田沼さまからお預かりした品のことが、漏れている」

「……内通か」

「たぶん。今日だけで五人の商人が、田沼さまからの預かりものを名指しで買いたいときた」

「……すいません。芸者の恥でござんしたね。酔って足下がおぼつかないなんて」

長くその状態でいるのは目立つ。華やかな芸妓と小汚い浪人では、違和感がすごく、まだ深更にはいたっていない浅草では、他人目を嫌でも集める。注意を引けば、まちがいなく二人の話に聞き耳を立てる者が出てきた。

「大事ないか」

「芸妓でござんすよ。このていどで乱れてはなりませんよ」

酒の匂いを感じて問うた左馬介に、村垣伊勢が答えた。

「では、また。ごめんなさいよ」

すっと背筋を伸ばして、村垣伊勢が歩いていった。

「これで一つ安心だな」

村垣伊勢は田沼主殿頭子飼いのお庭番である。まちがいなく、今の話は伝わる。

「後は、田沼さまが対処なさるまで、守り抜けるかどうかだな」

左馬介が気合いを入れた。

江戸で指折りに繁華な浅草とはいえ、子《ね》の刻を過ぎれば人気《ひとけ》は途絶える。

「おい」

「へい」

外された肩を入れた四郎が、配下たちを連れて分銅屋の勝手口の前に立った。

「用心棒は一人だ。浪人だが、腕は立つ」

今日、痛い目に遭わされたばかりである。四郎が嫌そうな顔で言った。

「だが、数でいけばどうでもなる。こっちは六人もいる」

四郎が一同を鼓舞した。

「兄貴、そいつは殺しちまってもいいんで」

配下の一人が問うた。

「かまわねえ。おめえたちのことは堺屋の旦那が引き受けてくださっている。ものを奪ったら、おめえたちは千住《せんじゅ》へ走れ。千住へ入れば町奉行所でも手出しはできねえからな」

「金は」

「心配するな。おいらが預かっている。とりあえずは、当座の金として五両ずつ。ものが手に入ったら、もう五両くださるそうだ」

「十両……」

配下たちが不満そうな顔をした。

「……あと、この店で盗《と》ったものは、珊瑚玉以外好きにしていいそうだ」

渋々四郎が口にした。

「そうこなくちゃなあ」

「おうよ。両替屋だ。蔵の金に手出しはできねえだろうが、店に置いているだけでもかなりになるはずだ」

「なあ、女は、女はやっていいよな」

配下たちのやる気があがった。

「わかっているだろうな。店の金の取り分は、おいらが半分、残りをおめえらで分けるんだぞ」

四郎が金の配分を押しつけた。

「わかってやすよ。じゃあ、行こうか」

「あいよ。兄貴はどうなさるんで」

配下たちが勝手口を乗りこえる算段に入った。

「残念だが、肩をやられたばかりでな。こえられねえ。ここにいる」

傷《いた》めた肩を四郎がさすった。

「承知」

「おっしゃ。ほれ」

一人が踏み台になって仲間を勝手口の上へ押しあげた。

「……開いたぜ」

勝手口がなかから開けられた。

「さすがは猿《まし》の安助《あすけ》、見事なもんだ」

四郎が感心した。

「へへっ。次はおめえの出番だぜ、娘破りの甚三《じんぞう》」

「任せろ」

懐から小さな刃物を取り出した娘破りの甚三が雨戸へと近づいた。

「……来たか」

寝ずの番をしていた左馬介が雨戸から聞こえる小さな音に気づいた。

「遠慮は要らぬ」

対処が甘かったから分銅屋仁左衛門の命を危険に晒《さら》し、己が大きな怪我を負った。

あの一件が、左馬介を後悔の渦に叩きこんでいた。

「……分銅屋どの」

「諫山さま、早速でございますか」

居室で一人寝ていた分銅屋仁左衛門が、一声で起きた。

「女中たちを」

「承知しました。諫山さまも無理はなさらぬよう」

喜代たちを奥へ避難させてくれと頼んだ左馬介に、分銅屋仁左衛門が承諾と気遣いの一言を付けた。

「…………」

左馬介は返事をせず、背を向けた。

二

「おい、まだか」

なかなか雨戸を外せない娘破りの甚三に猿の安助が苛立《いらだ》った。

「みょうだ、ここの雨戸には細工がしてある。普通なら、敷居と雨戸の間に薄刃を入れてこじれば、浮くんだが……ここは敷居がたわみもしねえ」

娘破りの甚三が戸惑っていた。

「他はどうだ」

「同じだろう……駄目だ。さすがは両替屋だとしか言えねえ」

他の仲間からの助言に首を左右に振った娘破りの甚三があきらめた。

「悪い、派手になる」

「仕方ねえな。雨戸を破った後は、一気に突っこむぜ。おい、筒《つつ》、女中を見つけても押さえつけるんじゃねえ。まずは珊瑚玉だ」

「えええ、やっちゃだめなのかよお」

猿の安助に睨まれた若い男が文句を垂れた。

「後で好きなだけさせてやる。用心棒片付けてからなら、一人やろうが二人やろうが、止めやしねえよ」

「わかった。我慢する」

条件付きながら許可を得た筒がうなずいた。

「行くぜ」

娘破りの甚三が、雨戸から離れたところで構えた。

「やってくれ」

「お、おうりゃあ」

猿の安助の合図で娘破りの甚三が、雨戸に右肩から体当たりをした。

「があ、肩が、肩が」

娘破りの甚三が肩を押さえて、うずくまった。

「どうした、甚三」

あわてて猿の安助が娘破りの甚三に近づいた。

「あの勢いじゃ、肩の骨は砕けたろう。ここの雨戸には、五寸（約十五センチメートル）間隔で鉄芯が入っているのでな」

台所口から出た左馬介が告げた。

「……誰だ、てめえ」

猿の安助が、左馬介へ身構えた。

「そいつがここの用心棒だ」

勝手口から覗いていた四郎が言った。

「こいつが……そちらから出てきてくれるとはありがてえ、どうやってなかに入ろうかと思ってたんだ。おい、囲め」

「ああ」

「わかった」

痛みで動けない娘破りの甚三と四郎を除いた四人が、左馬介へと迫った。

「ふん」

左馬介は囲まれるのを待ってはいなかった。近づいてくる正面からの盗賊に鉄扇《てっせん》を抜いて躍りかかった。

「おわっ」

数で押さえこめると思いこんでいたのか、不意討ちを盗賊は避けきれなかった。

「がっ」

鉄扇の一撃を首に受けて、盗賊が即死した。

「こいつっ、和太郎《わたろう》を殺しやがった」

猿の安助が息を呑んだ。

「用心棒を殺さなきゃ、女とできねえ」

筒が抜いていた匕首《あいくち》を振り上げて、左馬介へ斬りかかった。

「間合いが違うわ」

鉄扇も短いが匕首よりは長い。合わせた左馬介の鉄扇が、筒の右腕をへし折った。

「……ぎゃ、ぎゃあ」

折れた骨が肉を突き破って飛び出した筒が絶叫した。

「ちい、声がでかい」

騒ぎは近隣を起こす。

「おい、合わせろ」

「わかった」

猿の安助が残った仲間とうなずき合った。

「喰らえっ」

「くたばれえ」

二人が左右から左馬介へと跳びかかった。

「ぬん」

鉄扇を開いた左馬介が、舞うように半円を描いた。

「あつっ」

「おうわあ」

扇先も薄い鉄で覆っている。それが刃物のように研ぎ澄まされ、範囲に入った二人の身体を傷つけた。

「……駄目だ。逃げるぞ」

「うん」

猿の安助が撤退を宣し、仲間が同意した。

「兄貴……もういねえ」

勝手口を見た猿の安助が四郎の姿がないのに驚いた。

「見捨てられた……」

残った仲間が泣きそうな声を出し、大急ぎで走り出した。

「ま、待ってくれ」

勝てないとわかったならば、盗賊や無頼は弱い。猿の安助もその後を追った。

「み、見捨てないでくれよお」

折れた手を抱えてなんとか立ちあがろうとしていた筒がすがったが、二人は目もくれなかった。

「逃がすと思うか」

左馬介が筒を取り押さえた。

「わあ、わああ、もう二度と来ないから、見逃してくれ」

筒が身をよじって懇願した。

「できるわけありませんな」

台所口から分銅屋仁左衛門も出てきた。

「先ほどの言葉、聞いておりました。諫山さまを殺した後、うちの女中たちをおもちゃにすると言ってましたな」

「ひっ」

生き馬の目を抜く江戸で豪商として店を維持する分銅屋仁左衛門である。その眼力は鋭く、睨まれた筒が悲鳴をあげた。

「余罪もたっぷりありそうですし、さぞや町奉行所のお役人が喜ばれるでしょう」

分銅屋仁左衛門が冷たく述べた。


村垣伊勢は、長屋に戻るなり芸妓から女お庭番に切り替わった。

「田沼さまにお報《しら》せをせねば」

長屋の天井に作ってある隠し扉から、屋根へあがった村垣伊勢が、江戸の闇を跳んで渡った。

「……伊勢か」

田沼家上屋敷の門をこえたところで、村垣伊勢は、同僚明楽《あけら》飛騨《ひだ》の出迎えを受けた。

「どうした。分銅屋の見張りを命じられているだろう」

明楽飛騨が首をかしげた。

かつて分銅屋の陰守《かげもり》だった馬場《ばば》大隅《おおすみ》は、今、田沼主殿頭の命で目付の芳賀と坂田を探りに出ており、外れていた。

「その分銅屋から得た話じゃ。緊急の用件である」

村垣伊勢が明楽飛騨へ告げた。

「緊急……わかった。行け」

明楽飛騨が道を空けた。

すでに四つ（午後十時ごろ）近いが、田沼主殿頭はまだ御用の書付に目を通していた。

「これはいかぬな。このようなお手伝い普請を五万石ていどの外様に命じるなど、弱い者虐《いじ》めにしか見えぬではないか。上様のお名前にかかわりかねぬ」

明日、老中から家重へ上申される予定の内容を、田沼主殿頭はその清書を担当する奥右筆《おくゆうひつ》から得ていた。

「主殿頭さま」

天井裏から村垣伊勢が声をかけた。

「伊勢か。どうした」

「お近くへ参りましても」

用件を問うた田沼主殿頭に村垣伊勢が密談を求めた。

「……来い」

「ご無礼を」

許可を得た村垣伊勢が田沼主殿頭の目の前に降りた。

「近いの。そこまで他人耳《ひとみみ》を気にせねばならぬ話か」

田沼主殿頭が表情を真剣なものにした。

「先ほど……」

さらに声を潜めて、村垣伊勢が左馬介から聞かされた話を述べた。

「…………」

聞き終わった田沼主殿頭の目つきが鋭いものになった。

「分銅屋に迷惑をかけたようだな」

低い声で田沼主殿頭が言った。

「加増を受けたり、お役目が替わったりで、新しく人を求めたのが、仇となったか。

一応、紹介のある者のなかから選んだのだが……」

田沼主殿頭がため息を吐いた。

「この忙しいときに、新たな手間を増やしおって」

「いかがいたしましょうや。わたくしが探りを」

怒った田沼主殿頭に、村垣伊勢が担当を申し出た。

「いや、そなたを分銅屋から外すわけにはいかぬ」

田沼主殿頭が首を横に振った。

「分銅屋を潰されては、余の手は確実に三歩以上遅れることになる」

「気がつきませず、申しわけございませぬ」

言われた村垣伊勢が詫びた。

「よい。そなたの気遣いはうれしいものである」

頭をさげた村垣伊勢を田沼主殿頭が宥《なだ》めた。

「こちらのことは、余がどうにかする。そなたは分銅屋に張りつけ。どこの誰が、分銅屋に無理を言いに来ているかを突き止めろ。そこから、手繰《たぐ》ることもできようほどにな」

「わかりましてございまする」

田沼主殿頭の指示を村垣伊勢が受けた。

「では、これにて」

村垣伊勢が、音もなく天井へと跳びあがった。

「……誰の紐付きかだが、余への手出し、後悔させてくれよう」

ぎりっと田沼主殿頭が歯がみをした。


いつものように立ち寄り場所になっている分銅屋へ顔を出した新任の南町奉行所定町廻り同心東野市ノ進《ひがしのいちのしん》は、待ち構えていた分銅屋仁左衛門から昨夜のことを聞かされて目を剝いた。

「盗賊が……立ち寄り場所のここへ」

東野市ノ進が絶句した。

「はい。六人で襲い来ましたが、諫山さまのおかげで退散させましてございまする」

「そうか、それは重畳《ちょうじょう》」

立ち寄り場所の商家が襲われて被害が出たとなれば、南町奉行所の威信は地に落ちる。それこそ、南町奉行所に合力金《ごうりききん》を出している商人が、雪崩《なだれ》を打って北町奉行所へ鞍替《くらが》えすることにもなりかねない。

東野市ノ進が安堵したのも無理はなかった。

「で、捕まえておるのでございますが、お引き取りを願えましょうか」

「な、なんだと」

追い払っただけでなく、捕縛までしたと言う分銅屋仁左衛門に、東野市ノ進が驚愕した。

「どこにおる」

「奥の蔵に閉じこめてございまする」

問われた分銅屋仁左衛門が答えた。

大怪我した者と死体を女中たちに見せるわけにもいかないと、夜のうちに蔵へと移しておいたのだ。

「一人か」

「いいえ、三人で」

「おい、大番屋へ行き、捕り方を連れて来い」

手が足りないと東野市ノ進が、連れていた小者を走らせた。

「畏れ入りますが、裏からお願いいたしまする」

「ああ、わかっている」

表から縄付きと死体を出すわけにはいかない。客のなかには縁起を担ぐ者も多いのだ。死人が出た店と取引なんぞ験《げん》が悪いと逃げ出してしまう。

町奉行所の同心は町民とのかかわりが濃いためか、あまり武士としての形式にこだわらない。己だけでも玄関から通せと言わず、東野市ノ進は大番屋から来た小者たちを連れて、勝手口から店へと入りなおした。

「……死んでいるではないか」

「火の粉を追い払っただけでございますが……まさか、黙って殺されろなどと言われるのではございませんでしょうな」

死体を見て咎めるような言葉を発した東野市ノ進に、分銅屋仁左衛門が反論した。

「いや、そうではないが……これは用心棒の仕業だな。となれば、用心棒にも大番屋へ来てもらわねばならぬ」

東野市ノ進が町奉行所の役人としての反応をした。

「かまいませぬが、お留めくださいませぬよう。諫山さまには当家の用心棒というお役目がございまする。日が暮れるまでに帰していただきますようお願い申しまする」

「確約はできぬが……状況次第になる」

さすがにうなずくわけにはいかないと東野市ノ進が答えを避けた。

「結構でございます。諫山さま、すいませんが……」

「ああ、わかっておる」

寝ていない左馬介はあくびをしながら首肯した。

「大丈夫でございますよ。今回のこと、大騒ぎしてまずいのは南町奉行所のほうでございますから」

「牢屋《ろうや》で寝ないならそれでいい」

すでに腹一杯の朝餉《あさげ》を食べた左馬介は、とにかく寝たかった。

三

勝手口から出たとはいえ、戸板に乗せて筵《むしろ》を被せた死体は目立つ。そこに二人の怪我をした縄付きが引き立てられている。

「なんだ」

「どうした」

物見高い江戸の町民が集まってくるのは当然であった。

「布屋《ぬのや》の親分さんじゃ、ござんせんか。なにがありやした」

一行を差配しているこの辺りを縄張りとする御用聞き、布屋の親分に顔見知りが訊いた。

「御用だ。邪魔するねえ」

けんもほろろに布屋の親分が拒否した。

「骨が折れているぞ。喧嘩じゃねえか」

誰かが推測した。

「…………」

「喧嘩で人死にが出たのか」

それを布屋の親分が否定しなかったことで、推測があたっていると野次馬が考え出した。

「どいた、どいた。御用の妨げをするなら、しょっ引くぞ」

布屋の親分が十手を振り回した。

「そいつは剣呑《けんのん》だ」

「仕事に遅れちまう」

野次馬たちがあわてて散っていった。

「これで喧嘩騒ぎになりましょう」

布屋の親分が左馬介に言った。

「お気遣い、代わって礼を申す」

左馬介が頭をさげた。

「行こうか」

その遣り取りが終わるまで、黙って待っていた東野市ノ進が促した。

一時でも野次馬が集まれば、騒ぎになる。分銅屋を見張っていた佐藤猪之助も一行に気づいていた。

「あれは分銅屋の用心棒。そこに筵を被せた戸板……また人を殺したのか、あいつは」

佐藤猪之助が眉間にしわを寄せた。

「引率の同心は東野だな。布屋もいる。それでいて、怪我人には縄が付いているが、用心棒は拘束されていない……喧嘩だあ」

野次馬の声が佐藤猪之助の耳にも届いた。

「喧嘩……いや、違うだろう。最初の男は右手をだらりとさげているだけだが、次は明らかに骨が折れている。折れた骨が肉を破るほどとなると、手で殴ったくらいじゃ難しい。棒のようなもので叩かれたからこそ、ああなった。前の旗本田野里家の家臣もそうだった。首の骨を折られて死んでいた……やはりあいつだな」

佐藤猪之助が大きく目を開いて左馬介を睨んだ。

「自身番ではどうしようもねえな、あの人数を引き受けるだけの場所がねえ」

町内で乱暴を働いた者を一人か二人、定町廻り同心が来るまで捕まえておくらいのことしか自身番にはできなかった。牢屋も格子もなく、せいぜい縄尻をくりつけて逃げられないようにするための、柱に付けられた鉄の環くらいしかない。

「大番屋だな」

佐藤猪之助が呟いた。

「旦那、そのままでお聞きくだせえ」

布屋の親分が、先頭を行く東野市ノ進に声をかけた。

「なんだ」

前を向いたままで東野市ノ進が布屋の親分に尋ねた。

「佐藤の旦那が、後を付けて来てやす」

「そうか。やはり見張っていたな」

布屋の親分の報告に、東野市ノ進がうなずいた。

「どういうことでござる」

左馬介が眉をひそめた。

「ああ、お教えしておらなかったな。佐藤猪之助はご存じであろう」

「不愉快な男でござる」

付け回されただけに、左馬介は佐藤猪之助を嫌っていた。

「あの者は町奉行所を辞めて浪人となり申した」

「浪人……」

そこまでは知らない。左馬介が首をかしげた。

「隠居を命じられた後、佐藤家を勘当されましての」

東野市ノ進が説明した。

武家の勘当は厳しい。反省を促し、成長を見届けたら勘当を解くといった試練のものならば主家へ届け出はせず、親戚、知人などに話をするだけでいつでも復帰できる。そうでないときは、届けを出して士籍から削るのだ。士籍を削られた者は武士ではなくなり、復帰は認められなくなる。また、新たな仕官もまずできなかった。

「浪人となって市中で生活をいたしておりまする」

「なぜ、放置されているのか」

語った東野市ノ進に左馬介が苦情を申し立てた。

「罪を犯してはおりませんので」

代わって布屋の親分が答えた。

「町奉行所の同心としては問題ありでも、一人の浪人としてはまだなにもしでかしておりませぬ」

「むっ」

同心としての職を追われたことで、分銅屋と左馬介におこなっていた嫌がらせというか、職権乱用は咎めを受けている。

身分を失った佐藤猪之助は、現在ただの浪人でしかなく、町奉行所が捕まえるだけの罪状がなかった。

「分銅屋を見張っているのでござろう」

「見ているだけでは、捕まえられませぬ」

左馬介の文句を布屋の親分が流した。

「むうう」

「大丈夫でございますよ。向こうが見張っているように、こちらも目を付けてやすから。馬鹿をしでかしたら、その場で捕まえやす。もう、町奉行所の同心じゃございませんからね。遠慮なく縄をかけられまさ」

うなった左馬介に布屋の親分が口の端を吊りあげた。

「てめえの縄張りでもねえのに五輪の与吉を我が物顔で使いやがって……。さっさと手を出しやがれ、しっかりと十手の味を教えてやる」

分銅屋を含んだ縄張りを荒らされた布屋の親分が怒っていた。

「おいおい、やり過ぎるなよ」

東野市ノ進が布屋の親分を宥めた。

「承知してやすよ。殺しはしやせん。でもおもしろいことになりましょうなあ。御用聞きでさえ、捕まえられて牢屋敷に入れられたら一晩保《も》たないと言われているんでやすぜ。そこにもと定町廻りだったあいつが入れられたら……」

布屋の親分が暗い笑いを浮かべた。

幕府の諸法度には、牢屋に閉じこめるという刑はない。牢屋に入っている者は、皆、刑が確定する前である。

罪を犯した者は、一度大番屋で軽い取り調べを受け、そこで注意のうえ放免するか、牢屋敷へ送るかを決められる。そして牢屋敷のなかで取り調べを受け、罪を確定した。

当然、罪を認めれば遠島や死罪になる者は、自白をせずに頑張る。牢屋敷にいる者は、町奉行所の取り調べにも耐え続けている猛者《もさ》ということになる。そこへ、御用聞きが罪を犯して入ればどうなるか。娑婆《しゃば》での恨みを晴らすのは今とばかりに、牢屋にいる者が寄って集《たか》って暴行を加え、殺してしまう。

牢屋で囚人が殺された。

これが表沙汰になれば、牢奉行石出帯刀《いしでたてわき》を始め、牢屋同心たちは咎めを受ける。そうなっては困るため、牢屋での死はすべて急な心《しん》の臓の発作で片付けられるのだ。

御用聞きでさえ、そうなのだ。十手を振り回して犯罪者を追い回した定町廻り同心が牢屋敷に入れられたらどうなるかなど、考えるまでもなかった。

「怖いな」

東野市ノ進が首をすくめた。

大番屋は八丁堀の端にある。月番の奉行所から出された与力、同心が常駐し、諸事を差配した。

とはいえ、月番でない奉行所からも同心は出る。これは、月番だったときに受け付けたことへの対処のためであり、新規の訴えなどへの対応はしなかった。

もっとも、非番、月番にかかわりなく、捕まえてきた同心や御用聞きが属する町奉行所が、そのまま担当になる。

「御免」

今月南町奉行所は当番である。東野市ノ進は一言声をかけて大番屋へ入った。

「どうした、東野」

すぐに当番の同心が問うた。

「昨夜、浅草の両替商分銅屋に賊が入った。その一味を捕らえたので引き立てて参った」

東野市ノ進が告げた。

「分銅屋だと」

奥で茶を啜《すす》っていた当番与力が驚いた。

「どういうことだ」

「……といった状況でございまする」

立ちあがって近づいてきた与力に、東野市ノ進が語った。

「そうか。おい、戸板をおろせ。筵をどけろ。検分する」

与力がまず死体を確認した。

「首の骨が折れているな。これをおぬしが」

与力が左馬介を見た。

「襲い来たゆえ、やむなく」

「さようか。よし、死体はもういい」

左馬介の答えを聞いた与力が、手を振った。

「こっち へ運んでくれ」

当番の同心が離れたところで、死体の検分書の製作にかかった。

「おまえたちは、盗人だな」

「………………」

与力の確認に筒と娘破りの甚三は黙った。

「まあいい。どうせ、痛い目に遭うのだ。いつまで黙っていられるか」

冷たく与力が告げた。

「おい、医者を呼んでやれ。まだ死なれては困る。まだな」

「……うっ」

まだを繰り返した与力に筒が脅えた。

「覚悟しておけよ。吟味方与力は、儂なんぞよりもはるかにきついからな。おまえたちのような盗賊を甘やかしはしない。責め問いで死ぬか、腕の傷が腐って牢屋で死ぬか、それともさっさとしゃべって、御上の慈悲を願って遠島ですませてもらうか。どれを選ぶかは、おめえ次第だ。ちなみに、遠島になれば、傷や病が癒えるまで二間牢《にけんろう》で身体を休められるぞ」

与力が脅しと宥めを口にした。

二間牢とはその名のとおり、幅二間（約三・六メートル）の牢である。商人や職人など身分が明らかな者が取り調べの間入れられるところで、穏やかな場所であった。対して、大牢といわれる雑居なところは、無宿者や、いつまでも取り調べに逆らっている者などが入れられるところで、そこにいる連中もろくでもない者ばかりになる。御用聞き殺しなども大牢でおこなわれた。

人数を考えずに罪人を詰めこむためまともに横になることもできず、古くから大牢に居着いている囚人たちのいじめもきつい。

こんなところに右手が遣えない筒や娘破りの甚三が入れられれば、数日も生きてはいられない。己で己の面倒を見られない者は、場所塞ぎでしかないのだ。

そして、誰をどこの牢にいれるかは、牢役人の胸先三寸であった。

「そういえば……」

ふと左馬介が思い出した。

「いかがなされた」

分銅屋のかかわりは南町奉行所にとって、鬼門に近い。東野市ノ進がていねいな口調で左馬介に問うた。

「こやつらの頭分らしい男が勝手口の外におりましたのでござるが、見たことのある顔でございました」

「なんだと」

「それは……」

左馬介の発言に与力と東野市ノ進が身を乗り出した。

「たしか、昨日の夕方、分銅屋へ参り、無理から商いを持ちかけ、主が断るなり暴力に訴えようとした男であったように思えまする」

「そやつの名前は」

与力が訊いた。

「たしか、堺屋という商人が連れて来た四郎という壮年の男であったかと」

「……………」

四郎という名前を出した左馬介に、筒と娘破りの甚三が反応した。

「当たりだな」

しっかり与力は二人を目の隅に捕らえていた。

「堺屋といえば、献残屋《けんざん》の」

「平川門を出たところにある、あの堺屋か」

東野市ノ進と与力が左馬介を見た。

「あいにく、そこまでは」

左馬介が首を左右に振った。

「行って来い」

「はっ。おい」

与力に言われた東野市ノ進が、布屋の親分を連れて大番屋を出ていった。

「たぶん、そんな奴は知らないか、いたが粗相があったので辞めさせたかだろうが、なにかしらの反応がある。そこからわかることもある」

「なるほど」

述べた与力に左馬介が感心した。

「ところで、拙者はいつまでここにおればよろしいのかの。昼から用心棒の仕事をせねばならぬのだが」

左馬介が与力に伺いを立てた。

「しばし、待たれよ。誰ぞ、清水さまに大番屋までご足労を願って来い」

与力が左馬介を制し、手の空いている配下に命じた。

四

清水源次郎は、大番屋からの通報に頭を抱えた。

「盗賊が分銅屋を襲っただと。よりによって定町廻り同心立ち寄り場所を……」

これは南町奉行所が盗賊どもに侮《あなど》られているという証であった。

「その一人をあの用心棒が討ったか。咎められるわけないわ」

大番屋を預かる与力がなにを考えて報せてきたか、その意図をしっかり清水源次郎は理解していた。

「問題は、その盗賊がなにを狙って、立ち寄り場所を襲ったかだ。そこを徹底して調べあげろ。責め問いで死なせてしまってもかまわぬ」

清水源次郎が厳命した。

その指図を持った小者が大番屋へ戻り、ようやく左馬介は解放された。

「また聞かせてもらうときもある」

「いつなりとも」

与力が念を押したのに、左馬介は応じた。ここで難癖を付けて長引くより、少しでも早く長屋へ戻って眠りたかったのだ。

大番屋からどうやって帰ったかも定かでないほどの眠気に、左馬介はまだ身を委ねられなかった。

「襲われたのだと」

長屋に入った瞬間、左馬介は襟元を摑まれて村垣伊勢の前に座らされた。

「勘弁してくれ……」

「さっさと話せ。さすれば寝せてくれる」

泣き言を口にした左馬介に、村垣伊勢が冷たく宣した。

「わかった、わかった」

閉じそうになるまぶたを必死で開けながら、左馬介が昨夜のことを話した。

「そうか、堺屋という愚か者がはやった結果か」

「………」

村垣伊勢が納得したとき、すでに左馬介は眠っていた。

「それだけ疲れたか。無理もないの。浪人が立て続けに命を狙われたのだ。精神《こころ》が保たなくて当然」

ふと村垣伊勢がやさしい顔つきになった。

「これくらいはよかろう」

そっと左馬介の頭を持ちあげた村垣伊勢が、膝を差し出した。

「江戸中の粋人が望んでも叶えられていない名妓加壽美の膝枕だ。堪能《たんのう》するがいい」

村垣伊勢が微笑《ほほえ》んだ。


目付はその任の性格上、目付部屋はおろか江戸城内にいなくてもおかしくはない。また、どこにいるか、どこへ行くかを報告する義務もなかった。

「行ってくる」

すっと坂田に近づいた芳賀が、水戸家徳川権中納言宗翰《むねもと》との約束に出かけると告げた。

「頼んだ」

坂田が小さくうなずいた。

芳賀が徳川宗翰に持ちかける話は、一つまちがえれば謀叛《むほん》にもなりかねない。なにかあったとき、芳賀と坂田の二人ともがそれによって排除されては、田沼主殿頭の計画は止められなくなってしまう。

二人で話し合った結果、徳川宗翰に声をかけた芳賀が表に出て、坂田は要りようとなるまで隠れていることになった。

「当番どの、出かける」

芳賀が目付部屋を出ると当番目付へ声をかけた。これは、老中や若年寄などからの通達があったとき、誰に話をしたか、していないかを判別するためであった。

「どこへ行く」

当番目付が問うた。

「御用である」

芳賀が一蹴した。

当番目付は目付部屋にいるだけであり、目付たちの組頭というわけではない。同僚さえも監察の対象とする目付は、先達、石高など関係なく同格であった。

「むっ」

目付部屋を出ていった芳賀に当番目付が不満そうな顔をした。

「…………」

「どれ、拙者も出てくるわ。巡回じゃ」

すばやく目配せをした伊佐美の意を受けた城島が腰をあげた。

「ご苦労に存じる」

当番目付がねぎらって見送った。

「……やはりか」

何気ない振りをしながら見張っていた坂田が口のなかで呟いた。

目付部屋を出た芳賀は、まっすぐ城中から大手門への出口となる納戸御門へと向かっていた。

「外へ出るつもりか」

城島が眉をひそめた。

「外に出てはならぬという決まりはないが、目付が一人で出かけるというのは珍しいな」

目付は火事場見廻りなどで出かけるときは、徒目付や小人目付などを供に連れて行くのが慣例であった。

基本、目付は城中にあって、なにかしら城下に用があるときは徒目付などに指示して代行させるのだ。

目付が一人で江戸城を出るのは、かなり珍しいことであった。

「どこへ行く」

納戸御門を出た芳賀を追いながら、城島は首をかしげた。

「まずいな。着替えをすべきであったか」

芳賀に続いて大手門を出た城島は、周囲の目が集まっていることに気づいた。目付の黒麻裃は、あまりにも有名であった。

「振り向かれたら終わりだ」

黒麻裃に気づいた武士たちは、すっと離れて行く。なにもしていなくとも、監察という役目と近づきたくはないからだ。

最初に芳賀が道を開き、それが閉じることなく城島に続いている。

「ここまでだ」

神田橋御門が見えたところで、城島は追跡をあきらめた。

もし、芳賀が振り向いて城島を見つけたら、目付たちが芳賀と坂田を疑っていると教えることになりかねない。かといって、目付の矜持でもある黒麻裃を脱ぐという考えは城島にはなかった。

「徒《かち》目付を連れていれば……よし」

城島が折り返した。

大手門を出て左に曲がり、神田橋御門を通過、そのまま北上し、神田川を渡る。そして川沿いを西行すれば、行く手に大きな屋敷が出てくる。

「よし」

一度気合いを入れ直して、芳賀は水戸徳川家上屋敷の潜り門を叩いた。

「伺っておりまする」

徳川宗翰から話が通っていたおかげで、芳賀はすんなり門内へと案内された。

「主は、あちらでお待ちいたしております」

先導した水戸藩士が指さしたのは、神田川の水を引いて作った水戸徳川家自慢の庭であった。

「芳賀さまがお出《い》でございまする」

「うむ」

蓬萊山《ほうらいさん》に見立てた小島を擁する大泉水《せんすい》前の東屋《あずまや》で、徳川宗翰は酒を呑んでいた。

「本日は……」

「固い挨拶は城中だけでよい。興を削ぐな」

時間を取ってもらったことへの礼を口にしようとした芳賀に、徳川宗翰が手を振った。

「まずは呑め」

徳川宗翰が膳の上に置かれていた盃《さかずき》を取りあげて、芳賀に突きつけた。

「あまり強くはございませぬが……」

御三家の当主に薦められては断れない。酔うまでは呑まないと言ってから、芳賀が盃を受け取った。

「目付を酔わせて、屋敷の外へ放り出すのもおもしろかろう。酔った目付は誰が捕まえるのかの」

徳川宗翰が笑った。

「お戯《たわむ》れを」

苦笑しながら、芳賀が盃を干した。

「あらためまして、目付芳賀御酒介《みきのすけ》と申しまする」

「うむ」

うなずくだけで徳川宗翰は名乗りを返さなかった。

「お話をせねばならぬことがあり、参上つかまつりましてございまする」

盃を置いて、芳賀が姿勢を正した。

「もう少し待て」

徳川宗翰が拒んだ。

「…………」

もう少しとはなにを待つのかと芳賀が困惑した。

「酔わずに聞ける話ではないのだろう。目付が上司である若年寄ではなく、政にかかわらぬ御三家の当主に会いたいというのだ。ろくなことではなかろう」

「…………」

盃を続けて呷《あお》った徳川宗翰に、芳賀はなにも言えなかった。

「ふう」

芳賀が十を数えたころ、やっと徳川宗翰が酒を止めた。

「これ以上は酔いすぎになる。よい、話せ」

徳川宗翰が芳賀に命じた。

「はっ。権中納言さまは先代上様のご遺命をご存じでございましょうや」

「先代さまのご遺命か。あったとは思うが、報されておらぬぞ」

芳賀に確認された徳川宗翰が首を左右に振った。

「それについてでございまする」

話の重要性を、まず芳賀が述べた。

「先代上様は、幕府をかなり変えられました」

「であるな」

定府の水戸家にはあまり影響はなかったが、上米《あげまい》の令などは参勤交代という幕府創設以来の法度を一時とはいえ、崩している。さらに役目に就くときはその役高まで加増され、そのまま本禄となっていたのを吉宗は役目にある間だけ禄を増やすという足《たし》高《だか》を採用した。その両方と倹約が功をなし、幕府の勘定は赤字から黒字に転じ、吉宗が大御所となるころには、江戸と大坂の金蔵に百万両という金が備蓄されるまでに回復した。

「よきことではないか。金がなければ戦もできぬ」

徳川宗翰が吉宗を賛した。

「その先がございましても」

「先……なんのことだ」

芳賀の言葉に、徳川宗翰が怪訝な顔をした。

「それが先代さまのご遺命、武士の禄を米、石高ではなく、金で支給しようというものでございまする」

芳賀が告げた。

「武士を金で雇うだと……」

徳川宗翰が絶句した。

五

田沼主殿頭の顔色は悪かった。

「お疲れのご様子でございますな」

あれから三日、ようやく田沼主殿頭と会えた分銅屋仁左衛門が思わず気遣った。

「やはりわかるか。上様にも労《ねぎら》いのお言葉をいただいてしまったわ」

田沼主殿頭がため息を吐いた。

「ご心労の源《もと》は、やはり……」

「ああ。獅子身中の虫のことじゃ」

尋ねた分銅屋仁左衛門に田沼主殿頭が首肯した。

村垣伊勢の報告から遅れること一日で、いつもの飛脚屋を使って分銅屋仁左衛門が田沼主殿頭のもとへ内通者のことを報せ、一度話をしたいと吉原への呼びだしをかけたのであった。

「あらためて考えてみれば、用人の佐伯も譜代ではない。有能な男ゆえ、わずかな金に目がくらんで、主家を売るようなまねはすまいが……」

「見極める方法がないと」

確かめるように訊いた分銅屋仁左衛門に田沼主殿頭が無言でうなずいた。

「…………」

「先代さま、ご当代さまの御親任に対し、このような無様なまねを晒すとは、情けないかぎりである」

田沼主殿頭が嘆いた。

もともとは紀州家の足軽であった田沼家を、主殿頭意次の父意行《おきゆき》が士分から旗本へと引きあげた。これはまだ紀州家で部屋住みであった吉宗に附けられた意行がその才を認められたことによる。吉宗の気に入りとなった意行は、旗本三百俵から六百石へと累進、最後は小納戸頭取という、将軍身のまわりを差配する側近の一人にまでなった。

その跡を継いだ意次も吉宗、家重の信頼を受け、西の丸小姓、本丸小姓、小姓番頭へと累進、石高も六百石から二千石となった。

幕府は旗本に石高に伴う家臣を抱えるように命じている。

六百石で侍三人、甲冑持《かっちゅうもち》一人、立弓持ち一人、鉄炮足軽《てっぽう》一人、槍持《やりもち》一人、草履取り一人、挟み箱持《はさばこ》一人、馬轡持《うまぐつわ》一人、小荷駄小者《こにだこもの》二人の総勢十二となる。それが二千石では、三十七人にもなる。

もとは足軽でしかない田沼家に代々の家臣、小者などはいない。吉宗附きとなったときに小者を雇ったが士分は一人もなく、ようやく家臣と呼べる者を召し抱えたのは、意行が旗本となって三百俵もらえるようになったときだ。三百俵は三百石と同じ扱いで、士分一人要るが、最初の家臣はほとんどの場合、一族で家督も継げず厄介となっている者を呼び寄せる慣例であり、田沼家も紀州から召している。その後の累進といったところで、六百石となったときに二人増えたくらいで、二千石への加増で集めた者など、まだ三年にしかならない。

「当家に譜代はおらぬ」

田沼主殿頭が苦い顔をした。

譜代とは、何代にもわたって仕えてきている者のことをいい、その家の栄枯盛衰に従っている。主家が栄えれば、譜代も潤う。主家が没落すれば、譜代といえども放逐される。

いわば、主家と運命を共にする者なのだ。主家に仇《あだ》なすようなまねをすれば、己の首を絞めることになる。すでに天下から戦がなくなり武士の意義が変わってしまった泰平の世において、主家が潰れて浪人になればもう再仕官は難しい。当然、家臣は必死で主家を守るのが普通であった。

「とはいえ、油断であった。まさか、吾が近くにこのような愚か者がおるとは」

大きく田沼主殿頭が嘆いた。

「ご家中さまのお求めはどこで」

分銅屋仁左衛門がどうやって家臣を集めたのかと質問した。

「加増があるとわかった段階で、いろいろなところから吾が次男をとか、当家縁の者をお願いするという申し出がくる」

田沼主殿頭が話し始めた。

「当たりまえだが、そんなのをすべて抱えていてはとても禄は足りぬ。なにせ十人求めるところに百から来るのだぞ」

「それはまた多い」

「しかもそれは、余とつきあいのある者の紹介があるものだけだ。それ以外も来るのだ。加増の噂を聞きつけた連中がな」

「たいへんでございますな」

分銅屋仁左衛門が感心した。

「たしかに大変だが、こちらとしては人を選べるだけありがたいのよ。十人のところに十人しか来ねば、どのような者でも抱えねばならぬのだ」

「よき人材が来るまで待つというわけには参りませぬので」

田沼主殿頭の言葉に、分銅屋仁左衛門が首をかしげた。

「その手もあるかな。そもそも今どき、三代将軍家光さまが定めた慶安《けいあん》の軍役など守っている者などおらぬ」

「では、なぜ、そこまで急がれて、家中を整えられたのでございましょう」

当然の疑問を分銅屋仁左衛門が口にした。

「足を引っ張られぬためよ」

「……田沼さまの足を……」

分銅屋仁左衛門が戸惑った。

「身に合わぬ立身をする者には嫉妬が集まる」

「それはたしかに」

田沼主殿頭の言ったのは真実である。分銅屋仁左衛門が首肯した。

「それでも名門や一門が多ければ、まだ薄らぐ。しかし、我ら紀州から幕臣になった者は、それがない。なにせ、つい先代まで紀州藩士だったのだ。旗本のなかに知り合いもまずない。なにより、陪臣から旗本へのお取り立てだ。どうしても成り上がりだと見られる。その成り上がりが、人臣をこえた出世をした。代々旗本として仕えてきた者たちがいい気分でいるとは思えまい」

「はい」

念を押すような田沼主殿頭に分銅屋仁左衛門が同意した。

「ついこの間まで、同席もできず頭を垂れていた陪臣風情が、ある日から将軍側近のお側御用取次になった。それへの不満は大きい。なぜあのような者がと妬心《としん》は大きくなるし、一人二人ではなく、旗本の多くが腹を立てる。だが、上様のお取り立てに文句は付けられない。となれば、余の粗を探し出して、それを声高に責めたてるしかあるまい」

「それが新規召し抱えにかかわってくると」

「うむ。いい人物がいないからといって、定数を整えていないと、軍役をおろそかにしているとなろう。それを目付に訴えられでもしたら……目付は訴えがあれば出向かねばならず、出向いた以上は、欠けを見逃すことはない。そして目付の咎めを上様は覆せぬ。寵臣だからといってかばえば、政の公正さが疑われるからな」

頰をゆがめた田沼主殿頭が続けた。

「吾が咎めを受けるだけですめばいい。上様のおためならば、田沼の家など潰してもよい。そもそも祖父の病で紀州家の足軽でもなくなっていた。浪人だったのだ、父意行は。その父を見いだしていただき、人がましい身分にしていただいたご恩は、吾が身一つで返しきれるものではない」

きっと田沼主殿頭が目つきを変えた。

「問題は、吾が咎められた後にある。吾を選んでくださった上様に、譜代の者どもが迫るのだ。新参で旗本とはなにかさえわかっておらぬ者を重用なさるから、このような不始末が起こりまする。今後はお側近くに仕える者を譜代のなかからお選びくださいますようとな」

田沼主殿頭が唇をゆがめた。

「それも悔しいが、なによりも、あのていどの者を紀州からお連れになったのはいかがなものかと先代吉宗公が侮られるのは我慢できぬ」

「なんとも……頭が固いというか、愚かというか。その譜代の者が役に立たぬから、新参を重用したということに気づきませぬか」

怒る田沼主殿頭に分銅屋仁左衛門が首を横に振った。

「そのていどの者ばかりゆえ、幕府がここまで傾いたのだ。それに気づかず、我らの邪魔をするなど論外である。が、数は力には違いない。ゆえに、我ら紀州から来た者は、少しの隙も見せてはならぬ」

急いで軍役を満たした理由を田沼主殿頭が語った。

「やむを得ないことだとはわかりましたが……なぜ、新規召し抱えの方々は、田沼主殿頭さまのあだになるようなまねを。主家が傾けば、最初に追放されるのが新参で役立たずでございますのに」

自分で自分の首を絞める行為ではないかと、分銅屋仁左衛門が疑問を持った。

「どこかの紐付きなのだろう。あるいは、当家が傾いたときに、さっさと逃げていける伝手《つて》を作っているつもりなのかも知れぬ」

田沼主殿頭が冷たい声を出した。

「馬鹿でございますな。紐付きはまだしも、伝手を作っているつもりの連中は。主家を裏切るような輩など、利用するだけしてその後は捨てるもの。まちがえても身内に抱えこむことはいたしません。いつ、同じことをするかわからぬ者なんぞ、危なっかしくて雇えませぬ」

分銅屋仁左衛門もあきれた。

「だが、馬鹿だけに見つけにくい。本人が悪いことをしているとは思っておらぬからな。ほんの少し、便宜を図っているだけで、主家を裏切っているのではないと」

「ご愁傷さまでございまする」

情けなさそうな田沼主殿頭を分銅屋仁左衛門が衷心《ちゅうしん》から慰めた。

「そなたは経験していないのか」

「いえ、ございますよ。商人の争いは、どうやって相手の穴を見つけるかでございますから。内情を知る者を籠絡するのが最初の一手でございます」

訊かれた分銅屋仁左衛門が答えた。

「どうやって見分けるのだ。内通した者を」

田沼主殿頭が問うた。

「いろいろやり方はございますよ。簡単なものならば、奉公人を一人ずつ呼んで、なにも言わず、小半刻もじっと見つめれば、心疚《やま》しき者は、勝手に動揺してくれまする」

「家臣全部とそんなまねをしている暇はない。余がそれに拘束されてしまい、御用ができなくなる」

分銅屋仁左衛門の言った方法に田沼主殿頭が首を横に振った。

「でございましょう。では、わたくしどもにお流しくださる品を、一度ではなく一つずつに分けてお送りいただくというのはいかがでございましょう。そのときの荷運びをくださるご家中を換えていただけば……」

「その品物を買いたいと商人が来れば、それを運んだ者が犯人か」

「はい。他に、これは商家の獅子身中の虫がよくやることでございますが、店の金をごまかして懐に入れている連中は、金回りがよくなりまする。こちらからだしている給金ではありえない贅沢をしている者を見つけるのは割と容易でございまして」

「ふむ。金をもらって商家へ話を売っている者だと、その筋から見つけ出せるな」

分銅屋仁左衛門の話に、田沼主殿頭が納得した。

「だが、問題が二つある」

田沼主殿頭がもう一度表情を引き締めた。

「一つは、余が御用で直接動けぬゆえ、誰かに代行をさせねばならぬという点」

お側御用取次は激務であった。もちろん田沼主殿頭だけでなく、同役もおり非番の日もあるが、休みだからといって安穏とはしていられない。当番の日に備えての用意、非番の日に将軍へ出された用件の確認、場合によってはそれらへの対処もしなければならないのだ。将軍家重が意思表示できないだけに、周囲は十二分の準備を重ね、少しでも負担を軽減しようと努力を重ねている。そんななか、田沼主殿頭だけが自家の用事にかかずりあっているわけにはいかなかった。

「信用できるお方が家中に要ると」

「そうだ。少なくとも一人は、大丈夫だという保証が欲しい」

「難しいでしょうなあ」

「余一人では無理だな。御用と家中の二つだぞ。そして御用は何をおいても果たさねばならぬ」

田沼主殿頭が己に向かって告げた。

「手助けをしてくれる者が欲しい」

「わたくしに手伝えと」

分銅屋仁左衛門が田沼主殿頭に確認した。

「できるだろう、そなたならば」

田沼主殿頭が分銅屋仁左衛門を見つめた。

「表に出ることになりますが」

今まで分銅屋仁左衛門は田沼主殿頭との繋がりをできるだけ目立たないようにしてきた。しかし、家中の者を探るとなると、陰に潜んでいるだけでは足りない。

「いたしかたなし」

田沼主殿頭が苦渋の決断をした。

「攻めどころを与えることにもなりまする」

分銅屋仁左衛門が、田沼主殿頭の弱みになると言った。

田沼主殿頭には将軍の寵愛という盾がある。しかし、分銅屋仁左衛門はいかに田沼主殿頭と繋がったとはいえ、ただの商人には違いない。幕府の御用商人だったり、老中出入りであっても、そんなものは薄い板のようなものだ。御三家や老中、町奉行が本気で分銅屋を潰しにかかってくれば防ぎきれなかった。

「店は守れましても、わたくしは町人でございます。町奉行所の同心にも逆らえませぬ。ついでに付け加えますと、わたくしは責め問いに耐える自信はございません」

分銅屋仁左衛門が首を横に振った。

「それなら余にもないな」

田沼主殿頭が笑った。

「滅ぶときは、一緒じゃ」

「その口説き文句、一度は女に言ってみたいもので」

分銅屋仁左衛門も笑った。

第五章　齟齬《そご》の始まり

一

徳川宗翰《むねもと》は芳賀の誘いを確かめに動いた。

定府の水戸徳川家には他の御三家にはない特権があった。特権というより、慣例に近いが、初代水戸徳川頼房が、三代将軍家光の側に侍《はべ》った故事を踏襲したもので、水戸徳川家の当主はいつでも将軍家への目通りを願えた。

さすがに長く続いた慣習だけに、家重も拒むわけにはいかず、御休息の間での謁見に応じることになった。

「上様におかれましては、ご機嫌麗しく権中納言、心よりお慶び申しあげまする」

徳川宗翰が、御休息の間上段敷居際中央で手を突いた。

「そ、けんし……であ、る」

「そなたも健勝の様子、なによりであるとの仰せでございまする」

家重の発言を大岡出雲守が訳した。

「かたじけなきお言葉」

徳川宗翰が型にはまった返答をし、本家と御三家の挨拶が終わった。

「で、き、は……な」

「今日は何用じゃとお訊きでございまする」

「一つお伺いいたしたきことがございまして、参上つかまつりました」

家重の問いに徳川宗翰が告げた。

「も、うせ」

「先代上様のご遺言というのがあると聞きましてございまする。それについてお伺いをいたしたく」

さすがにこのていどなら家重の言葉もわかる。大岡出雲守の通訳を待たず、徳川宗翰が求めた。

「……なっ」

驚いた家重が大岡出雲守を見た。

「なんのことだと上様は仰せである」

とっさに大岡出雲守が代弁した。

「ご存じではございませぬか。いや、城中の噂を耳にいたしましたので、一応、系譜に繋がる者として、そういったものがあるならば知っておいたほうがよいかと考え、上様にお伺いをいたしました」

「し、し……ぬ」

「知らぬとのご諚《じょう》でございまする」

「さようでございまするや。お手をわずらわせましたこと、権中納言深くお詫びをいたしまする」

首を振った家重とそれを口にした大岡出雲守に頭をさげて、徳川宗翰が御休息の間を後にした。

「これは権中納言さま」

御休息の間から大廊下へ向かう途中で芳賀が徳川宗翰を待っていた。

「今夜来い」

偶然の出会いを装った芳賀に、徳川宗翰が小さな声で告げた。

目付には宿直番《とのいばん》というのがある。城中に詰め火事に備えるのだが、明暦の火事で痛い思いをした幕府は火の後始末に厳しく、油断はほとんどない。もし、己の担当しているところから火が出たら、切腹のうえお家取り潰しになるのだ。誰でも真剣になる。おかげで目付の宿直巡回は形骸となっていた。

もっとも形骸とはいえ、止めるわけにはいかない。

「頼めるか」

「任せよ」

宿直番に当たっていた芳賀は、徳川宗翰の呼びだしに応じるため当番の交代を坂田に求めた。

「すまぬ。こちらから報告はしておく」

芳賀は坂田の了承を取り付け、その足で当番目付のもとへと向かった。

「宿直番を坂田と代わった」

交代は当番目付へ届け出ておかなければならない。

「坂田とだな。承知した」

事情を訊くこともなく、当番目付が首肯した。

報告を終えた芳賀が当番目付から離れたのを見て、伊佐美《いさみ》が近づいた。

「どうかしたのか」

「宿直番の交代だそうだ」

伊佐美の問いに、当番目付が告げた。

「そうか。なにかあるな」

「ああ」

伊佐美の意見に当番目付が同意した。

「先日の城島が後をつけたときの失敗もある。徒《かち》目付の手配をしておこう」

腰をあげた伊佐美が、目付部屋の二階にある徒目付控えへと足を進めた。

「誰ぞ、あるか」

伊佐美が徒目付控えで呼びかけた。

「はい」

徒目付控えにいた者が返答をした。

「ふうむ。そなた、来い」

伊佐美が手近に座っていた徒目付を召した。

「はっ」

声をかけられたのは、佐治五郎であった。

目付が徒目付になにかを命じるときは、控えの向かい側にある資料部屋に呼び出すのが決まりである。佐治五郎が資料部屋へと伺候した。

「御用でございましょうか」

「そなた、名前は」

「佐治五郎でございまする」

「儂《わし》を知っておるな」

「伊佐美帯刀《たてわき》さまと存じておりまする」

目付は十人しかいない。徒目付は全員、目付の顔を知っていた。

「よし。では、指図を下す」

「はっ」

徒目付は目付の命にしたがうのが役目である。佐治五郎が片膝を突き、頭を垂れた。

平伏でないのは、目付が軍《いくさ》目付という戦場発祥の役目だという名残であった。

「目付芳賀御酒介を見張れ」

「は、芳賀さまを……」

「復唱いたさぬか」

伊佐美の声が尖った。

「芳賀御酒介さまの動向を見張りまする」

あわてて佐治五郎が繰り返した。

「うむ。わかっておるだろうが、このこと余以外の者に話すことは許さぬ」

「承知いたしておりまする」

釘《くぎ》を刺した伊佐美に佐治五郎が誓った。

「ならばいけ。芳賀は宿直番の交代を申し出た。下城時刻には大手門から出るであろう。どこへ行き、誰と会い、なにを話したかを調べるのだ」

言い終わった伊佐美が、さっさと資料部屋を出ていった。

「どうなっている……」

一人残った佐治五郎が混乱した。

「虎太と話をせねばならぬが、今はおらぬ」

徒目付は控えあって目付の指図を待つか、大手門に詰めて通行する諸士を監察するかのどちらかであり、今日、安本虎太は大手門番であった。

「……いかん。見失えば、罷免される」

しばらく悩んでいた佐治五郎は下城時刻が近づいたことに気づいて慌てた。徒目付にとって目付の指図は果たして当然なのだ。結果が出ないくらいならば、まだ罵られるくらいですむが、あきらかな失敗となると、腹立ち紛れの咎めを受けかねなかった。

「大手門で虎太と話をする余裕があれば……」

一縷《いちる》の望みをもって佐治五郎が大手門へと急いだ。


役目の差違もあり、下城時刻というのは厳密に定められていない。年貢の状況がわかるころの勘定方は家に帰るのも難しいし、新番や書院番のように交代さえ来れば定められた刻限に帰れる役目もある。とくに目付のような秘匿性の高い役目の場合は、かならず登城しなければならないという決まりもなく、かなり融通が利く。それでもあまり早くから下城するのは、他の役目への示しもあり、よほどのことがない限り、目付の下城は夕七つ（午後四時ごろ）となっていた。

「悪いの。いずれ埋め合わせはする」

下城の用意を調えた芳賀が、当番を代わってくれた坂田に詫びを言いながら帰ると告げた。

「気にするな。お互いさまだ」

坂田が手を振った。

「では、頼んだ」

「ああ、気を付けてな。後ろに」

別れの挨拶の最後に、坂田が小声で付け加えた。

坂田は芳賀が当番目付に宿直番の交代を告げた後、伊佐美が二階へ上がっていったのに気づいていたのだ。

「………」

無言で応じた芳賀が、目付部屋を後にした。

「これは……」

「お目付さま」

堂々と肩で風を切って江戸城の廊下を進む芳賀に、行き交う役人たちがあわてて道を空ける。義務ではないが、真正面から行き会って目を付けられでもしたら、たまらない。

さながら無人の野を行くように、芳賀は大手門へと至った。

大手門脇の百人番所のなかで佐治五郎は安本虎太と話をしていた。

「面倒なことになったな」

安本虎太が嘆息した。

「偶然とはいえ、なんということか」

佐治五郎も天を仰いだ。

「だが、役目は果たさねばならぬ」

「そうだ。言われたことをせねば、お目付さまのお怒りを買う」

二人が顔を見合わせた。

「大丈夫だとは思うが、気を付けろよ」

「剣術もしたことのないお目付さま相手だ。気づかれることなどないわ」

安本虎太の危惧を佐治五郎が否定した。

目付は役人のなかでも特殊な選ばれ方をした。上司の引きではなく、目付同士の入れ札で欠員を補充する。

相手のことを知っていなければ、そもそも入れ札などは成りたたない。また、目付には他の役目にはない高い矜持があり、役目に誇りを持っている。

つまりは、御家人や旗本でも大した格式でない者を下に見て、どれほど有能であろうとも入れ札に名前を記さないのだ。

「あのていどの輩を目付に迎い入れては、名折れじゃ」

「剣が遣えてどうなる。軍目付は戦わず、味方の卑怯《ひきょう》未練な振る舞いに目を光らせていた。ようは目付に武は要らず、ただ清廉潔白であればいい」

「剣を振る暇があるならば、法度の一つ、前例の一つでも覚えるべきだ」

目付の任にある者は、こう主張している。

幕府の役職のなかで、目付はもっとも武を卑下していると言えた。ただ、それでは役目を果たせないときもあるから、配下である徒目付は武術に優れた者を選んでいる。

目付と徒目付が戦えば、まちがいなく徒目付が目付を一蹴できた。

「だな」

安本虎太がうなずいた。

「お目付さまお出《い》でになりまする」

大手門を警衛するなかでもっとも下になる甲賀組与力が、芳賀の姿を見つけて報せた。

「背筋を伸ばせ」

「襟を正せ」

「そこ、寝ているのを起こせ」

目付が大手門を通るときにだらけた姿を見せていたら、それこそ大事になる。たちまち百人番所は大慌てで体裁を整えた。

「お出でだ」

「だな。拙者は隠れる」

立ちあがった安本虎太とは逆に、佐治五郎は番所の腰板の陰で床に腹ばいになって外から覗いたていどでは見えない姿勢になった。

大手門は譜代大名と書院番、そして甲賀組によって警衛される。芳賀が来る前に、それらがずらりと整列した。

「……………」

ちらりとその様子を見た芳賀は、なにも言わずに大手門を通過していった。

「ふうう」

並んでいた誰かが安堵の息を漏らした。

「行ったぞ」

「おう」

安本虎太の声かけに、佐治五郎が起きあがった。

「ではな」

佐治五郎が十分な間合いを空けて、芳賀の後をつけ始めた。

大手門を出て、左に曲がった芳賀が眉間にしわを寄せていた。

「あの徒目付の顔、見覚えがある」

芳賀は大手門前に整列している一同のなかから安本虎太を見つけていた。

「一度使ったか……」

目付は特定の徒目付を作らない。一族や友人と縁を切ってまで務めるのが目付なのだ。それが職務のうえであろうとも、馴染みを作るわけにはいかなかった。何度も顔を合わせていると、どうしても情が湧く。場合によっては、隠密として使い捨てなければならないのが、目付にとっての徒目付である。任のたびに人を替えるのが心得でもあった。

「……思い出した。分銅屋を見張らせた徒目付の一人だ。あまりに役に立たぬゆえ、解き放ったのであったな」

数歩の間に、芳賀は安本虎太のことを思い出していた。

「探索には使えずとも、門番くらいはできるか。辻守の地蔵と同じよな。そこにいるだけでいいのだからの」

芳賀が嘲笑した。

「…………」

その芳賀の足の裏を十間（約十八メートル）弱ほど離れて佐治五郎が見ていた。

人というのは、思ったよりも敏感にできている。背筋や首筋を注視されると、なんとなく落ち着かず、後ろを気にすることがある。

後ろを振り向かれては尾行がばれてしまう。そうならないために人体でもっとも鈍い足の裏に目をつけるのが、人の後を追うこつであった。

「神田川を渡ったな」

佐治五郎がちらと目をあげて、芳賀の行方を見た。

「西へ向かうか」

芳賀が川沿いを左折したことを確認した佐治五郎が、すっと目を逸《そ》らした。気配にこちらを見られても、目が合わないようにするためであった。

「……うん」

芳賀が一瞬怪訝な顔をした。

「誰かに見られている……」

しかし、芳賀は辺りを見回すようなまねをしなかった。

「……坂田が言っていたのはこれか」

芳賀が納得した。

「このまま水戸家へ行くのはまずいな」

川沿いを歩きながら、芳賀が思案した。

「この辺りにあるのは、昌平坂《しょうへいざか》学問所、湯島《ゆしま》聖堂、あとは加賀前田家の上屋敷……」

芳賀が独りごちた。

「開いているな」

ちらと芳賀が右手を見た。

昌平坂学問所と湯島聖堂は、幕府儒学頭の林大学頭《はやしだいがくのかみ》の管轄になる。五代将軍綱吉が、幕臣の学問を奨励したことで、林家の私塾であった昌平坂は幕府の官学に昇格し、いつのまにかここで素読吟味を終えなければ、家督相続を認めないとなっていた。

その代わり、昌平坂学問所で優秀な成績を残せば、御家人であろうが、小旗本であろうが、登用の道が開かれる。

とくに算勘読み書きを必須とする勘定方では、昌平坂学問所での成績がかなり重視されており、三代にわたって小普請で食べていくのにも苦労をしていた御家人の息子が、ここで首席となり、勘定衆に抜擢され、あっという間に立身して勘定頭までいったという話はいくつもあった。

もちろん、芳賀も家督を継ぐ前には、昌平坂学問所で学んでいた。

「久しぶりだ」

芳賀が昌平坂学問所の門を潜った。

学問所という性格上、日が落ちてからも残って学業に励む者は多い。家では高くて手の出ない蠟燭《ろうそく》なども、ここならば使用できるため、貧しい御家人の子弟などは、追い出されるまで残って四書五経を紐解《ひもと》く。

「……学問所だと」

芳賀が消えた門を見て、佐治五郎が困惑した。

「目付がここになぜ……」

昌平坂学問所も幕府の施設であるので、目付の監察を受ける。とはいえ、昌平坂学問所に目付がどのような疑義で出向くのか、佐治五郎には思いもつかなかった。

「最近は、成績売り買いの噂も聞かぬ」

素読吟味に通らなければ、家督は継げない。とはいえ、旗本の嫡男すべてが優秀とは限らなかった。なかには、字を見ただけで頭が痛いという者もいる。他に男兄弟がいれば、馬鹿な長男を廃して、ましな次男、三男を跡取りにすることもできるが、一人息子だったりすると、そうもいかなくなる。なにせ、家督相続の許しが出なければ、家は潰されてしまう。そこで、金を包んで素読吟味の試験官に手心を加えてもらう者が出た。

他にも、成績優秀とお墨付きをもらえば、役目に就きやすいというのを利用したい者が学問所の教授方に賄賂を贈ってというのもある。

とはいえ、これはすぐにばれる。素読吟味に通らないような者は、役目に就かないのでなんとかなる。だが、成績優秀は役目を与えられ、その成果を上役が見るだけに、嵩上《かさあ》げされたかどうかは、すぐにわかる。

かつて、これが見つかった旗本と学問所の教授が改易になったことがあり、昨今ではあまりされなくなっていた。

「……………」

考えてもわからないものはどうしようもない。佐治五郎は思案を止めて、昌平坂学問所の門を潜った。

「なにをしておる」

入ったところで、佐治五郎は芳賀の待ち伏せを受けた。

「な、なにをと言われましても」

一瞬、驚いた佐治五郎だったが、すぐに立ち直った。

「久しぶりに、学びを導いてくださった教授方のお顔を拝見したくなりまして」

佐治五郎が芳賀へ応じた。

昌平坂学問所を終えて、家督を継いだが役目にありつけていない小旗本や御家人が、かつての恩師にすがりに来るのは珍しいことではなかった。

「無役か」

「はい」

黒の麻裃だけで目付とわかる。芳賀の質問に答えないわけにはいかなかった。

「……偽りを申したな」

芳賀が険しい目で佐治五郎を睨んだ。

「なにを仰せで」

佐治五郎がとぼけた。

「名前は忘れたが、そなた今日、大手門番をしている徒目付と二人で、先日我らの下についた者であろう」

「…………」

言い当てられてまでとぼけることはできなかった。

「誰に命じられて、余の後をつけた」

「御免」

問い詰められる前にと、佐治五郎が脱兎《だつと》のごとく逃げ出した。

「ふん。今は逃がしてやる。だが、そのままですむとは思うなよ」

芳賀が吐き捨てた。

「坂田の忠告がなければ、危うかったかも知れぬ。いや、大手門で気づかなければ、最後までついて来られていたな」

ほっと芳賀が肩の力を抜いた。

二

他の目付から命じられたとはいえ、追い払われてしまってはそれまでである。

徒目付を退散させた芳賀は、念のために直接水戸家上屋敷へ向かうのではなく、一度加賀藩前田家の前を経由した。

諸藩の上屋敷のなかでも指折りの大きさを持つ加賀藩前田家上屋敷の外壁は長く、途中で身を隠す路地もない。壁沿いに歩いていれば、振り返るだけで後をつけている者がいないかどうかを簡単に確認できた。

「大丈夫であったな」

水戸家上屋敷へ着いた芳賀は、そのままなかへと通された。

「遅かったの」

徳川宗翰は先日と同じ泉水を望める東屋でくつろいでいた。

「申しわけございませぬ。邪魔だてをする者がおりましたので」

咎めた徳川宗翰に、芳賀が事情を話して詫びた。

「徒目付に後を……となれば、他の目付が、そなたを疑っておるのだな」

「疑ってというところまでは、いっておらぬと思っておりまする。ただ、拙者がなにをしているか、それを把握したいというところではないかと」

芳賀が推測を口にした。

「目付同士で互いを見張るのは、当たり前のことなのか」

「当たり前とまでは申しませぬが、まああることでございまする」

徳川宗翰の確認に、芳賀が肯定した。

「ふむ……まあ、よいわ」

少し考えた徳川宗翰が手を振った。

「での、今日、そなたを呼び出したのは、先日のことだ。まことかどうかを調べてからでなければ、水戸家の命運をたかだか千石の旗本に預けるわけにはいかぬ」

「お調べに……どのようになさったので」

徳川宗翰の言葉に芳賀が焦った。

探索とか調査は慣れていない者がすれば、ろくな結果を生まなかった。十分な結果がでないだけならまだましで、相手に調べていると教えてしまう羽目にもなりかねない。

「噂だとして、上様に直接お伺いをいたした」

「それはっ……」

さっと芳賀の顔色が変わった。が、すでに夕暮れで日が陰っている。芳賀の変化は徳川宗翰に気づかれなかった。

「そしたらの、上様が詰まられたわ。まあ、いつでも詰まっておられるがの」

笑いながら徳川宗翰が続けた。

「それにな、上様がなにかを言われる前に、大岡出雲守が口を出してな。否定しおったわ。あの慌て振りは、まちがいないだろう。そなたの言うとおり、先代上様のご遺言はある」

徳川宗翰が断じた。

「…………」

芳賀はなにも言わなかった。

「偽りではないとわかったゆえ、そちの手助けをいたしてやろう。いや、余みずから、愚かなことを考えている田沼主殿頭を始めとする連中に鉄槌《てっつい》をくだしてくれる」

酒が入っているためか、徳川宗翰の声が大きくなった。

「権中納言さま」

「大事ない。吾が家臣どもは、忠義の者ばかりじゃ」

警告を発した芳賀に、徳川宗翰が手を左右に振った。

「…………」

御三家の当主に反駁《はんばく》するわけにもいかず、芳賀がまたも黙った。

「さて、するとなれば、いろいろ手を考えねばならぬな」

「はい」

少し興奮から落ち着いた徳川宗翰に、芳賀が同意した。

「心配するな。策は、余が考えてくれる。そちは、それに従うだけでよい」

「えっ」

走狗《そうく》になれと言われた芳賀が絶句した。

「心配いたすな。余は上に立つ者であるぞ。ことが成功したあとの褒賞は惜しまぬ。そなたには五万石くれてやろう。そして、老中だな」

機嫌良く徳川宗翰が告げた。

「……かたじけなき仰せ」

芳賀が頭を垂れた。

「うむ。下がってよいぞ。余が呼び出すまで、他の目付に気取《けど》られぬよう、大人しくしておけ」

犬を追うように徳川宗翰が掌を振った。

「では、御免を」

芳賀が東屋を離れた。

「頼る相手をまちがえたわ。失策であった」

水戸家上屋敷を出たところで、芳賀が苦渋に満ちた顔をした。

田沼主殿頭との密会を終えて、店へ戻ってきた分銅屋仁左衛門は、すぐに左馬介を呼んだ。

「お呼びだそうだな」

見廻りに出ていた左馬介が、番頭の迎えを受けて帰ってきた。

「諫山さま、肩の調子はいかがで」

最初に分銅屋仁左衛門が左馬介の体調を訊いた。

「ほとんど支障はない。思いきり鉄扇《てっせん》を振れば、さすがに痛みが出るがの」

「では、戦えますな」

左馬介の答えに分銅屋仁左衛門が確認した。

「いきなり、怖ろしいことを言われるな」

「すいませんが、表に出ることとなりました」

苦笑した左馬介に分銅屋仁左衛門が告げた。

「表に……田沼さまとの繋がりを出すと」

「やむを得ず、そうなりました。これは田沼主殿頭さまのご要望でもあります」

聞き返した左馬介に、分銅屋仁左衛門がうなずいた。

「あちらも肚《はら》をくくられたか」

すでに分銅屋仁左衛門の覚悟は聞いている。左馬介は田沼主殿頭の決断を悟った。

「肚のなかに虫がいては、まともに外と戦ってなどおられませんからね。正面きってのやり合いになる前に、虫下しをなさりたいとのご意向でございます」

「当然といえば当然でござるな」

分銅屋仁左衛門の説明に、左馬介がうなずいた。

「で、拙者はなにをいたせばいい」

左馬介が役割を問うた。

「なんとか店のほうは、落ち着いておりますので、まずは田沼さまのお手助けをいたしまする」

「獅子身中の虫探し……」

「はい」

言った左馬介に、分銅屋仁左衛門が首を縦に振った。

「先日の堺屋はどうなった。あそこから手繰れば、わかるだろう」

分銅屋を襲った夜盗のなかに、堺屋の手の者がいたことを左馬介は確認していた。

「町奉行所が問い合わせたようですが、そんな者は知らぬの一点張りだそうでしてね」

「それが通るのか」

分銅屋仁左衛門の話に、左馬介が不思議そうな顔をした。

「わたくしも存じませんでしたが、堺屋は諸大名方を始めとする要路と親しいらしく、町奉行所では手出しができかねたと」

「献残屋《けんざんや》であったかな。音物《いんぶつ》の多い要路とはつきあいもあるだろうが、そのていど、どうにでもできよう」

　左馬介が首をかしげた。

「一応、お伺いをたてなければ、まずいのでしょう」

　分銅屋仁左衛門がため息を吐《つ》いた。

　町奉行所の与力、同心など、老中からしてみれば、幕府役人のうちにも入らない軽輩でしかない。親しくしている商人から愚痴を聞かせられれば町奉行へ苦情の一つも入れ、その町奉行所の役人を左遷させるくらいはやってのけた。

「それに堺屋が直接盗みを指揮したわけでもありません。あの男が堺屋の者だったとわたくしどもが証言したところで、すでに放逐したと反論されたらそれまでございますから」

　分銅屋仁左衛門が首を左右に振った。

「町奉行所の役人も情けないことだ」

　浪人には高圧的な態度を見せるが、相手が権力者となれば一気に弱くなる。左馬介が腹立たしげに言った。

「いたしかたございませんよ。人は誰しも生きていかねばなりません。長いものには巻かれろと申しますから」

分銅屋仁左衛門が左馬介を慰めた。

「…………」

「ですから、虫探しを別の方法でしなければなりません」

まだ不満そうな左馬介をおいて、分銅屋仁左衛門が述べた。

「どうやって追いたてる」

左馬介が気持ちを切り替えた。

「こいつを使おうと思いましてね」

分銅屋仁左衛門が、隠し蔵から珊瑚玉を取り出した。

「珊瑚玉をどうすると」

「これがどうやら一番人気のようなので、売れたことにいたしましょう。さすれば、どこの誰が買ったのかをかならず知ろうとするものが出て参りましょう。そこから糸を手繰れば……」

「親元に繋がるか」

「案外、雑魚《ざこ》かも知れませんがね。今のところこれくらいしか手立てはないようなので」

大仰に分銅屋仁左衛門があきれて見せた。

「で、拙者はなにをすればいい」

「明日、珊瑚玉の売り上げだと大金を持って田沼主殿頭のお屋敷へ参ります。そのお供をお願いいたします」

問うた左馬介に、分銅屋仁左衛門が告げた。

「用心棒らしい仕事だな」

左馬介が笑った。


夜回り、長屋での就寝、湯屋での洗身と、いつもの日課をこなした左馬介が分銅屋へと向かっていた。

「諫山の旦那」

「加壽美どのか」

またも左馬介は村垣伊勢と出会った。

「偶然でござんすねえ。今から、分銅屋さんで」

村垣伊勢が左馬介に近づいた。

「働かねば喰えぬでな」

あまりのつごうよさに、左馬介が苦笑した。

「残念なこと。今日は、久しぶりにお座敷がなくて、長屋でゆっくりとしたいと思ってたのでござんすが……旦那がお留守じゃ、お酒の相手がいやしない」

すねたような仕草で村垣伊勢が左馬介に身体をぶつけた。

「……なにをっ」

柔らかい肉体を感じた左馬介が慌てた。

「店を見張っているやつがいる」

じゃれかかるように見せかけて、耳の側で村垣伊勢が囁《ささや》いた。

「……あの同心か」

左馬介が呟いた。

「知っていたか。そうだ」

村垣伊勢がまとわりついたままで首肯した。

「先日、夜盗の生き残りを連れていくときに、後をつけてきたらしい。かなりうまく隠れていたようだが、御用聞きに見つけられていた」

左馬介が述べた。

「わかっているならば、いい。後で、状況を報せよ」

そう言うと村垣伊勢が不意に離れた。

「一人で寂しく飲みますよ」

村垣伊勢が怒った振りで去っていった。

「……あっ」

近くにあった温もりの喪失に、思わず左馬介が声を漏らした。

分銅屋まで来た左馬介は、ちらと辺りを窺った。

「どこにも見えぬな」

佐藤猪之助の姿を見つけられないことに落胆しながら、左馬介は暖簾《のれん》を潜った。

「諫山さま、ご苦労さまでございます」

番頭が左馬介を出迎えた。

「ようやくお見えですか」

待ちくたびれたとばかりにため息を吐きながら、分銅屋仁左衛門が奥から出てきた。

「すまぬ。ちと手間取った」

「しかたありませんやね。加壽美姐さんに絡まれていたんじゃ」

詫びる左馬介を、番頭が囃《はや》したてた。

「…………」

思わぬ伏兵に、左馬介がゆっくりと顔を番頭へ向けた。

「見えてましたよ。あんなに堂々とくっつき合っていたんじゃ、目立って当然でございますよ」

「行きますよ、諫山さま」

番頭の報告に顔色一つ変えず、分銅屋仁左衛門が指図した。

「し、承知」

左馬介があわてて続いた。

店を出た分銅屋仁左衛門の少し後ろに左馬介は陣取った。これは用心棒として、供をするときの心得である。

前に立つのが警衛だと思われがちだが、どこから襲われるかわからないのだ。前にいて後ろから来られたら、対応できずに終わってしまう。また、左右に並ぶのもまずい。右にいれば左に、左にいれば右に対処できない。刀は左腰にあるため、右からの敵には応じられても、左からには一挙遅れる。また左に立っていて、右からの敵へ抜き打ちすれば、主ごと斬ることになる。

その点、後ろにいれば、前、左右からの敵は見えるし、後ろからの襲撃には己の身体が盾になる。

「諫山さま、いささか苦情を申しあげます」

「すまぬとしか言えぬ」

左馬介は分銅屋仁左衛門の叱りを甘じて受けた。

「男ならば、美しい女に近づかれてうれしいのはわかりますが、今は、そういったときではございませぬよ」

「拙者からのものではないとお気づき……」

見ていないにもかかわらず、村垣伊勢からの接近であったと言った分銅屋仁左衛門に、左馬介は驚いた。

「道行く女に声をかけられるようなお方なら、いろいろ苦労せずにすんでおりますから」

「なんだそれは」

あきれた分銅屋仁左衛門に、左馬介が首をかしげた。

「お気になさらず、それよりも……」

分銅屋仁左衛門が話を変えた。

「ついてきておりますか」

「のようだな。確認はしていないが、なんとなく嫌な気配がある」

左馬介が顔を前に向けたままで答えた。

「馬鹿をしでかさなければ、いいのですが」

分銅屋仁左衛門が金の入っている胴巻きを上から押さえた。

「いくらか訊いてもよいか」

左馬介が興味を示した。

「三百両でございますな」

「……………」

あっさりと告げた分銅屋仁左衛門に左馬介が息を呑んだ。

「珊瑚玉は二百両との値付けがあったのでは」

「はい。ですが、それでは興味を引きますまい。相場の二倍ともなると、嘘くさくなりますが、一倍と半分ならば、よほど欲しければ出す金額」

「現実味が出るというわけか」

説明に左馬介が納得した。

「見えて参りました」

分銅屋仁左衛門が田沼主殿頭の上屋敷に目をやった。いつものように面談を求める来客が並んでいる。

「よいのか」

並んでいる客を無視して、門に近づく分銅屋仁左衛門に左馬介が目を剝いた。

「表に出るのでございますよ。ここで派手なまねをせずにどうしますか」

分銅屋仁左衛門が笑った。

「御免くださいませ。分銅屋でございます」

表門前で分銅屋仁左衛門が大声で名乗った。

「おう、聞いておる。玄関でもう一度声をかけよ」

来客の応対を足軽、小者にさせるわけにはいかない。門番代わりの家臣が分銅屋仁左衛門の通過を認めた。

「ありがとう存じまする。諌山さまは、こちらで」

「外で待たせてくれ」

左馬介は田沼家の威容に萎縮していた。

「いたしかたありませんね。とりあえずは、門から見えるところでお願いしますよ」

苦笑しながら分銅屋仁左衛門が左馬介の願いを認めた。

「すまん」

そそくさと左馬介が門を出た。

「……さて、どうですかね。内側にいたほうが無難だったと思いますが」

分銅屋仁左衛門がため息を吐きながら、玄関へと向かった。

三

すでに田沼主殿頭から分銅屋仁左衛門が近いうちに来ると聞かされていた用人の佐伯は、すぐに対応した。

「後を任せる」

面談を望む者たちの応接を次席用人に預け、佐伯は分銅屋仁左衛門の待つ玄関脇の小部屋へと急いだ。

「お忙しいところを畏れ入りまする」

「いや、こちらが願ったことだ」

頭をさげた分銅屋仁左衛門に、佐伯が謝罪は不要と応じた。

「で、なにが金になった」

佐伯が問うた。

「珊瑚玉でございまする」

「おおっ、あれか。いくらで売れた。二百金か」

答えた分銅屋仁左衛門に続けて佐伯が訊いた。

「いえ、三百両になりましてございまする」

「な、なんだと」

予想外の高額に佐伯が驚愕した。

「ま、まことか」

「はい。お代金はこちらに」

分銅屋仁左衛門が胴巻きを外し、中身を出した。

「……たしかに切り餅が十二個ある」

数えた佐伯が呆然とした。

「中身をご確認いただき、受け取りをちょうだいいたしたく」

商いなのだ。はっきりとした証拠を残さなければならないと分銅屋仁左衛門が要求した。

「そ、そうであった」

佐伯が吾に返った。

「勘定方の者を呼んで参る」

切り餅は一分金百枚でできている。それが十二個となるとじつに一千二百枚もの一分金を確認しなければならない。とても佐伯一人でできるものではなかった。

「……あの御仁ではなさそうですな」

切り餅には封緘《ふうかん》がなされ、それをした者の墨書が記されているとはいえ、封緘を湯気でゆっくり剝がし、なかの一分金をただの鉛板に代える者もいる。お金は確実に計数しなければ、受け取ってから足りなかったとか、角の欠けているものが混じっていたとかの文句は通らない。

「ま、待たせた」

よほど急いだのか、佐伯が荒い息で勘定方の者を二人連れて来た。

「これを確認いたせ」

佐伯が勘定方の二人に命じた。

「はっ」

「ただちに」

勘定方の二人が、ていねいに封緘を剝がして、中身の一分金を出した。封緘を破らないのは、数え終わったあともう一度封をするためである。その封のうえに己の名前を書き、数が合っている保証にする。こうすれば、田沼家のなかにおいて二十五両として通用するのだ。

「……分銅屋であったかの」

数えながら勘定方の一人が話しかけてきた。

「さようでございまする。このたび、ご当家さまのお出入りを許していただきました。どうぞ、よしなにお願いをいたしまする」

両替商は勘定方との交渉が主となる。分銅屋仁左衛門がていねいに腰を折った。

「勘定方三谷《みつや》幾次郎《いくじろう》だ」

名乗り返した勘定方の三谷が、そのまま問うた。

「珊瑚玉の代金だと聞いたが、まちがいないな」

「はい。お預かりいたしておりました土佐の珊瑚玉の代金でございまする」

確かめられた分銅屋仁左衛門が首肯した。

「ずいぶんと高く買ってくれたものだの」

手はしっかりと一分金を数えながら、三谷が訊いた。

「二百両で引き取りたいというお客さまがおられましてとお話しいたしましたところ、どうしても手に入れたいゆえ、今すぐに引き渡してくれるならと三百両をお出しくださいました」

分銅屋仁左衛門が淡々と語った。

「交渉なしか」

「ございませんでした。よほどお気に召したのでしょう」

怪訝な顔をした三谷に、分銅屋仁左衛門が述べた。

「どこの誰だ」

流れに乗った体で三谷が尋ねて来た。

「商いのお相手をお話しするわけには参りませぬ」

分銅屋仁左衛門が拒んだ。

「無礼だぞ、商人風情が」

ずっと黙って数えていたもう一人の勘定方が、不意に分銅屋仁左衛門を怒鳴りつけた。

「当家の出入りを続けたいならば、我ら勘定方の言うことを聞け」

「…………」

「止めよ、衛藤《えとう》」

高圧的な勘定方に分銅屋仁左衛門が黙り、佐伯が制した。

「ですが、ご用人さま。商人が武士の問いに答えぬなど、不埒千万《ふらちせんばん》でございますぞ」

衛藤と呼ばれた勘定方が反発した。

「口を慎め。そなたがここに呼ばれたのは、分銅屋に絡むことではなかろう。さっさと銭を数えよ」

佐伯が衛藤を叱りつけた。

「…………」

不服そうに衛藤が口をつぐみ、一分金を数えた。

「……たしかにございました」

まず三谷が六百枚、百五十両を確認した。

「まちがいございませぬ」

その後を追って衛藤が宣した。

「では、佐伯さま」

「うむ」

分銅屋仁左衛門に促された佐伯が受け取りに名前と花押《かおう》を入れた。

「ありがとう存じまする。では、これにて」

分銅屋仁左衛門が腰をあげようとした。

「待て、他のものはどうだ」

三谷が分銅屋仁左衛門に問いかけた。

「はい。いくつかお話が来ておりまする。どこで知られましたのか、まだ表には出しておりませぬのに」

分銅屋仁左衛門が不思議だと言った。

「商人の耳は聡《さと》いのだろう。でなければ、生き馬の目を抜く江戸で店を続けてなどいけまい」

「たしかにさようでございました」

三谷の意見を分銅屋仁左衛門が認めた。

「なにかと用意もある。今、売って欲しいとの希望が来ているものを教えてくれ」

勘定方としての要望だと三谷が分銅屋仁左衛門に告げた。

「今、参っておりますのは、銘石《めいせき》の硯《すずり》と利休作と伝えられる茶杓《ちゃしゃく》でございまする」

分銅屋仁左衛門が預かっているものを思い浮かべた。

「いくらだ」

衛藤が口を挟んだ。

「まだ金額を提示するところまでは参っておりませぬ」

「そんなわけはなかろう。値段をつけずして、商いができるか」

首を振った分銅屋仁左衛門に衛藤が腹を立てた。

「いえ、こういった値段があってないようなものは、交渉で決まるものでございまして。欲しいと思われる方が多いと高く、一人ならばその方の言い値で、いらっしゃらなければ捨て値にしかなりませぬ」

諭すように分銅屋仁左衛門が説明した。

「それを高く売るのが、そなたの仕事だろう」

衛藤が噛みついた。

「はい。ですので、珊瑚玉も三百両という、相場以上で売りましてございまする」

「うっ……」

言い返された衛藤が詰まった。

「茶杓はいくらくらいで売るつもりだ」

「値付けをいたしますと、お相手さまはそこから値切ってこられますゆえ、あえてわたくしのほうからは金額を申しあげないようにいたしておりまする」

尋ねる三谷に分銅屋仁左衛門が首を横に振った。

「では、安すぎる金額を呈示されたら……」

「お断りするだけでございますな」

分銅屋仁左衛門があっさりと言った。

「では、それで商機を逃したらどうする」

咎めるような口調で衛藤が発言した。

「そのときは逃しましても、いいものはかならず相応の値で売れるものでございます。あわてて安値で手放してしまえば、商いを知らぬと侮られるだけで」

分銅屋仁左衛門が返した。

「きさま、拙者をもの知らぬと嘲笑《あざわら》うか」

衛藤がまたも激した。

「いい加減にせい。もう、お前たちは金を持ってさがれ」

佐伯があきれて手を振った。

二人がいなくなるのを見て、佐伯が詫びを口にした。

「……すまなかったの」

「いえ。お気になさらず」

分銅屋仁左衛門が笑った。

「しかし、どれほどの金満家があれに三百両出したのか、気になるの。いつか、教えてくれ」

最後に佐伯が分銅屋仁左衛門に願った。

分銅屋仁左衛門と別れ、田沼主殿頭の門前で待つことにした左馬介に、並んでいた武士の一人が声をかけてきた。

「そこな者、さきほど入って行った商人は誰じゃ」

「…………」

気づかぬ振りで左馬介はやり過ごそうとした。

「聞こえぬのか、そこな浪人」

武士が声を大きくした。

「……なんでござろう」

並んでいる者のすべてが、左馬介を見つめていた。さすがにこうなってしまえば、知らない顔もできない。左馬介は武士に応じた。

「あの商人はなんだと訊いておる」

武士が偉そうに命じた。

「浅草の両替商、分銅屋の主でござる」

「両替商……その両替商がなぜ、順番を無視して門へ入る」

答えた左馬介に、武士が嚙みついた。

「お出入りだからでござる」

「出入り商か」

左馬介の言葉に武士が苦い顔をした。

「お待ちを。田沼さまのお出入りに、分銅屋などという両替商はなかったはずでございますが」

並んでいた恰幅《かっぷく》のいい商人が横から口を出した。

「なんだと」

武士が左馬介を睨んだ。

「ご存じないのも無理はござらぬ。お出入りを許されて、まだ三日ほどでござれば」

「新規のお出入り……」

商人が顔色を変えた。

「出入りならばいたしかたなし」

興味を失った武士が列に戻り、代わって商人が左馬介に迫った。

「どのようにして、お出入りに」

商人が左馬介を問い詰めた。

「拙者は用心棒、そういった事情は知らぬ」

左馬介が首を左右に振った。

「……十両だそう。分銅屋さんから、お出入りを許された経緯を聞き出して欲しい」

商人が声を潜めた。

「雇い主を裏切るわけにはいかぬ」

「裏切りではございませんぞ。別に今更それを他人に話したとて、分銅屋さんがお出入りを止められるわけでもございませぬし」

商人が嫌がる左馬介を説得しようとした。

「内情を外に漏らすような者を、用心棒として雇い続けてくれるはずもなし」

「知られなければ、大丈夫」

まだ商人が喰いさがった。

「もし、それで辞めさせられたら、うちでお雇いしましょう」

「どなただ」

「おおっ、申しておりませんでしたな。わたくしは茅場町《かやばちょう》二丁目で、細工物を商っております秋田屋でございます。どうぞ、お見知りおきを」

尋ねた左馬介に秋田屋が名乗った。

「それとこれは、些少でございますが……」

秋田屋が素早く左馬介の袂《たもと》になにかを入れた。

「このようなまねは困る」

「では、是非に」

袂から取り出して返そうとする左馬介を置いて、秋田屋がさっさと歩いて去っていった。

「困った……」

手を入れて探った左馬介が情けない顔をした。秋田屋が残していったのは小判であった。

「お待たせを……どうしました」

困惑している左馬介の前に、分銅屋仁左衛門が現れた。

「じつは……いや、後にしよう」

並んでいる連中が興味津々と見ているのに左馬介は気づいた。

「そうですな。いつまでも店を空けてもおれませぬし。帰りましょう」

分銅屋仁左衛門が同意した。

四

帰路をとった分銅屋仁左衛門と左馬介は、声を潜めて話をしていた。

「いかがであった」

まずは雇い主の状況を問うのが礼儀と、左馬介が分銅屋仁左衛門を見た。

「怪しいのが二人、もう一人も大丈夫だとは言いがたいところですな」

分銅屋仁左衛門がため息を吐いた。

「三人も……田沼家の家士は全部で三十人もおらぬだろう」

軍役を知らないが、屋敷の大きさから家臣の数はおおむね読み取れる。左馬介が驚いた。

「新規召し抱えというのは、なかなか難しいものですな。わたくしどもでも同じ。身《み》許《もと》を保証してくれるお方がなければ、なかなか奉公人を追加できません」

「よくもまあ、拙者を雇ってくれたことだ」

苦い顔をした分銅屋仁左衛門に左馬介が肩をすくめた。

「諫山さまには、身許保証のお方はおられませんでしたが、親方はじめ、結構な数の人たちが、褒めておられましたからね。真面目によく働くと」

分銅屋仁左衛門が告げた。

浪人の常として、日雇いで糊口《ここう》をしのいできた左馬介である。安いとはいえ、雇ってもらえないと飢えるしかなくなる。そして、職人の下働きのような、誰にでもできる仕事は、人気があり、奪い合いとまではいかなくとも、少し出遅れただけでなくなってしまう。

ただ、この競争に加わらずにすむ方法が一つあった。

終わりがけに、こう親方から言ってもらうのだ。そうすれば、朝早くから仕事を探しに駆けずり回らなくてもよくなるし、何度も声をかけられるようになれば、わずかながら手間賃に色をつけてもらえる。

「明日も頼まあ」

しかし、そのためには真剣に仕事をしなければならなかった。

「武士だった者が、壁土を練るなど……」

「職人ごときに指図を受けるとは……」

こういった不満を持っていては、絶対に次はない。

生まれながらの浪人である左馬介はへんに矜持を持っていないことが幸いし、職人であろうが人足であろうが、指示を出す相手には従順でいられた。また、生来の性分もあり、手抜きもしない。おかげで親方衆の評判はよく、ほぼ毎日のように仕事をもらえていた。

分銅屋の仕事も、顔なじみの親方から紹介されたことがきっかけであった。

「身許を保証してくれた方の顔を潰すわけにはいきませんからね。もし、奉公先でなにかしでかしたら、その責任は身許保証をしたお人にも行きます。それこそ、店の金を盗んで逃げたなどだと、同額を弁済しなければなりません。当然、そんなまねをした者は、二度とまともな奉公先はなくなります。たとえ、江戸から逃げて大坂へ行ったところで、身許保証のない者を雇うような店はありませんから」

「厳しいな」

商人の険しさに左馬介は息を呑んだ。

「これくらいは普通ですよ。でなければ、店を預けられませんでしょう」

「それはそうだ」

両替商は金を扱う。信用できない奉公人などおけるはずもなかった。

「で、そちらは」

分銅屋仁左衛門が訊いてきた。

「待っている間に……」

左馬介が武士に声をかけられたところから、秋田屋に金をもらったことまでを語った。

「なるほど、それは、それは」

聞き終わった分銅屋仁左衛門が楽しそうに笑った。

「……おもしろくはないぞ」

左馬介が戸惑った。

「いえね。なかへ入るのを嫌がられたからそうなったのでございますよ」

「うっ」

左馬介が何とも言えない顔をした。

「今度からは、なかで待つ」

「いえ、外でお願いをいたしまする」

もう勘弁だと首を左右に振った左馬介に、分銅屋仁左衛門が冷たく告げた。

「引っかかってくれているのですよ。今日のはさすがに違いましょうが、これから先、わたくしのことを探りたい連中が湧いて出ましょう。その標的になっていただきます」

「そんな細作《さいさく》のようなまねはできぬぞ」

細作とは敵のなかに入りこんで、いろいろなことを調べる役目のことだ。戦国のころの忍や歩き巫女《みこ》などが物語として今に受け継がれていた。

「していただきますよ。前とは事情が変わりました」

何度も何度も首を横に振る左馬介に、分銅屋仁左衛門が引導を渡した。

「逃がさぬと」

「今更でしょう。その代わりといってはなんですが、もらったお金はご随意になさってよろしゅうございます」

嫌そうな左馬介に、分銅屋仁左衛門が許可を出した。

「よいのか。結構な金額だぞ」

左馬介が小判を見せた。

「一枚ですか」

「そうだが」

「なんとけちくさいことで。秋田屋でしたか、気にするほどの相手じゃございませんな」

分銅屋仁左衛門が鼻で笑った。

「主の供をして出入り先、それも新規で御上のお役人さまのもとへ来るほど信頼されている用心棒を、寝返らせるに一両……わたくしならば十両、それも手付け」

「十両……一年喰えるぞ。それが手付けだと」

左馬介が目を見張った。

「相手を驚かせて、はじめて交渉ごとは優位になる。これくらい、商人ならば知っていて当然なのですが……諫山さま、お住まいを訊かれましたか」

「いいや。次は店に来いと」

「ふん」

聞いた分銅屋仁左衛門が嘲笑した。

「行くわけないでしょうに。用心棒に店を離れるだけの暇なんぞありませんよ。なにより、そんなまねをしたら、もうもとの店には戻れません。理由なく、用心棒の任から外れたお方を雇い続けるわけないでしょうに」

「…………」

箍《たが》が外れた分銅屋仁左衛門に、左馬介が息を呑んだ。

「諫山さまのお住まいを聞いて、褒賞金を持って足を運ぶ。人は金をくれる相手が、足労してくれるだけで引け目を感じるもの。そこにつけこんで、用心棒を自家薬籠中《じかやくろうちゅう》のものとする。それさえできないような男、放っておいても困りません」

分銅屋仁左衛門が断言した。

佐藤猪之助は、田沼主殿頭の屋敷へ堂々と入っていった分銅屋仁左衛門に驚いていた。

「堀田相模守さまだけではなく、今をときめく田沼主殿頭さまにも出入りを許されたというか」

老中首座とお側御用取次、まさに当代の権門《けんもん》との繋がりを分銅屋仁左衛門は誇示して見せた。

「町奉行所では手出しできぬ」

権門の怒りは町奉行さえ吹き飛ばす。ものの数にいれてももらえない与力、同心など塵芥《ちりあくた》のように消し去られてしまう。

「分銅屋仁左衛門を引き立てるには、言い逃れのできぬ証が要る」

いかに権門出入りとはいえ、人を殺した、ものを盗んだ、女に無理強いをしたとかをかばってはもらえない。これらの罪をかばって、ごまかしようのない証が出てくれば、老中首座、お側御用取次でも無傷ではいられなくなる。

「足取りが軽いな。腹の出っ張り具合も違う」

もと同心の目は、しっかりと分銅屋仁左衛門の状態変化を捉えていた。

「行きに金を巻いていたのが、帰りにはない。田沼家で金を遣った。それでいて胴巻きはまだしている」

中身がなくなり薄くなったとはいえ、胴巻きをしているといくらかの着崩れが出る。それを佐藤猪之助はしっかりと見ていた。

「胴巻きは用がすめば、丸めて用心棒に持たせればいい。それを腹に巻いているとなれば、なにか大事なものが、金の代わりに入っている。それがなにか」

佐藤猪之助は焦っていた。

まだ八丁堀を離れて、日にちは経っていないが、いろいろなところから目を付けられている。

「旦那、あんまり派手なまねをなさいますと、見逃せませんぜ」

大番屋まで後をつけた翌日、佐藤猪之助の長屋まで御用聞き布屋の親分が来て釘を刺した。

「ここを知っているということは……」

「五輪の与吉さんも同じ思いだとお考えくだせえやし」

かつての手下に居場所を売られた、すなわち佐藤猪之助にはもう味方がいないとの証明であった。

「浅草から追い出される……か」

地元の御用聞きを敵に回せば、そこに居を構えることはできなくなる。それこそ、朝から晩まで下っ引きを張り付けて、佐藤猪之助の行く先、行く先をつけ回すこともできる。

そうなれば、分銅屋を見張り、左馬介の悪事を探るなどできなくなった。

「おっと、ごめんよ」

思案にとらわれていた佐藤猪之助に誰かがぶつかった。

「……すまん。あっ、おめえは」

詫びた佐藤猪之助が、背を翻して離れようとしていた男を見た。

「えっ……佐藤の旦那。まずった」

男が逃げ出そうとした。

「逃がすか」

あっさりと佐藤猪之助が男の襟首を摑んだ。

「掏《す》った財布を出せ」

「ご勘弁を。旦那だと気づいていたら……」

男が哀れな声を出しながら、佐藤猪之助の財布を返した。

「巻羽織じゃねえなんて……」

町方同心は非番であろうが、巻羽織に袴《はかま》なしの着流し姿でいる。遠くからでも一目でわかるので、掏摸《すり》はさっと身を隠す。

「そんなことはどうでもいい」

わずかな間に佐藤猪之助は、男が今の境遇を知らないと見抜いた。

「てめえ、今度捕まったら、首なしだったな」

十両盗めば首が飛ぶは幕府の法度であり、一度の盗みで十両に届かなくとも累積でそれをこえたら死罪となった。

「か、勘弁を」

死ぬと言われた掏摸が震えあがった。

「どうだ。おいらの用を一つしてくれたら、今回は見逃そう」

佐藤猪之助が話を持ちかけた。

「本当でやすか」

「ああ。やってくれれば番屋へは連れていかねえ。その代わり、逃げたら江戸を売るまで追い回すぞ」

　確かめた掏摸に佐藤猪之助が脅しをかけた。

「へ、へい。やらせていただきやす」

　掏摸が何度も首を縦に振った。

「よし、あそこを行く商人と浪人の二人づれがわかるな。あの商人の胴巻きを掏ってこい」

「えええ」

　内容に掏摸が驚いた。

「悪事の証が入っているんだよ。ずっと後をつけまわしているが、どうしようもなくてな」

　佐藤猪之助が誰にとっての悪事かは隠して告げた。

「わかりやした。ですが、あの用心棒は強くございませんか」

「大事ない。刀を抜いたことなぞないという独活《うど》の大木だ」

　懸念を口にした掏摸の背を佐藤猪之助が叩いた。

「じゃあ……」

　すっと腰を屈《かが》めて、身を低くした掏摸が分銅屋仁左衛門のほうへと走っていった。

「……おっと、ごめんなすって」

　左馬介の反対側から分銅屋仁左衛門に近づいた掏摸が、身体をぶつけてそのまま駆け抜けていった。

「…………」

「いかがなさった」

　足を止めた分銅屋仁左衛門に左馬介が問うた。

「掏摸ですよ。胴巻きを持っていかれてしまいました。行きの金のときは胴巻きをしっかり括ってましたが、中身が書付一枚だと油断して懐へ入れただけにしてたのが失敗でしたね」

　分銅屋仁左衛門が落ち着いて述べた。

「よろしいのか。取り返さずとも」

「かまいません。どうせ、わたくしと田沼さまのかかわりを探っている者の仕業でしょうし。でなければ、掏摸が金の入っていない胴巻きなんぞ狙いませんよ」

　慌てた左馬介を分銅屋仁左衛門が制した。

「どこの誰かは知りませんが、かえって好都合。わたくしと田沼さまがお金で繋がっているだけと思ってくれたら、これ幸い」

分銅屋仁左衛門が笑った。

「金の受け渡しの証だろう。金を受け取っていないと言い出されないのか」

「田沼さまが……そんなことを言い出されるはずはございませんよ。わたくしどもは一蓮托生《いちれんたくしょう》ですから。もし、用人さまあたりが言ってくれば、そのお方が獅子身中の虫とわかります。なにせ、わたくしが請け書を盗られたことを知っておられるのですから」

左馬介の危惧を分銅屋仁左衛門が否定した。

掏摸が持って来た胴巻きを佐藤猪之助は漁《あさ》った。

「もうよろしいので」

「どこへでも行け」

おずおずと確認した掏摸を手で追い払った佐藤猪之助が、取り出した請け書を読んだ。

「金三百両の請け書か。これはお側御用取次と分銅屋仁左衛門が繋がっている証だ」

佐藤猪之助が興奮した。

「……待てよ。これをどこに」

少し落ち着いた佐藤猪之助が、戸惑った。

今はただの浪人でしかない。この請け書があったところで、使いようがなかった。

「目安箱……駄目だ。あれは差出人を記さねばならぬ」

お側御用取次を告発するようなまねをして、差出人が無事ですむと思うほど佐藤猪之助は愚かではなかった。

「安本どのならば……」

徒目付は目付の配下である。

「目付の手に渡れば……お側御用取次といえども罪になるはず。当然、もう一人の当事者である分銅屋も咎めを受けよう」

短い思案から佐藤猪之助が復帰した。

「よし。あやつらの悪運もこれで尽きる」

佐藤猪之助が歓喜の声をあげた。


〈つづく〉

本書は、ハルキ文庫のための書き下ろし作品です。

時代小説文庫
う 9-6

日雇《ひやと》い浪人生活録《ろうにんせいかつろく》六 金《かね》の裏《うら》表《おもて》

著者 上田秀人《うえだひでと》

2018年11月18日第一刷発行

発行者 角川春樹

発行所 株式会社 角川春樹事務所
〒102-0074 東京都千代田区九段南2-1-30 イタリア文化会館

電話 03(3263)5247[編集] 03(3263)5881[営業]

印刷・製本 中央精版印刷株式会社

フォーマット・デザイン＆シンボルマーク 芦澤泰偉

本書の無断複製(コピー、スキャン、デジタル化等)並びに無断複製物の譲渡及び配信は、著作権法上での例外を除き禁じられています。また、本書を代行業者等の第三者に依頼して複製する行為は、たとえ個人や家庭内の利用であっても一切認められておりません。定価はカバーに表示してあります。落丁・乱丁はお取り替えいたします。

ISBN978-4-7584-4211-4 C0193 ©2018 Hideto Ueda Printed in Japan

http://www.kadokawaharuki.co.jp/[営業]
fanmail@kadokawaharuki.co.jp[編集] ご意見・ご感想をお寄せください。